U0564067

献给

莉丝、菲利普、威尔玛、

特、爱德华和托马斯

Rooms of
Their Own

有故事的房间

伟大作家们的创作空间

[英] 亚历克斯・约翰逊（Alex Johnson）——著
[英] 詹姆斯・奥泽斯（James Oses）——绘
陈小红——译

重庆出版集团 重庆出版社

目录 Contents

序言 Introduction

“凡是作家都会在用过的东西上留下印记，与其他人相比，他们的这种印记更难消失……使桌椅、幕帘、地毯都符合自己想象。”

——弗吉尼亚·伍尔夫，《伟人故居》

[《伦敦风景》，译林出版社，2009年12月出版。]

作家们通常喜欢仪式感。有人每天早上削一盒铅笔，有人一整天都离不开咖啡，而格特鲁德·斯泰因（参见第142页）则通过追踪一头温顺的奶牛来获得灵感。不过，最重要的或许是通勤仪式，即去某个特定的地点写作的习惯。

新冠疫情隔离期间，很多人发现，自己真正需要的是一个独立的工作空间。

或者，正如1928年弗吉尼亚·伍尔夫在一次著名的演讲中所说的，人们所需要的是“一个属于自己的房间”。对作家而言，拥有一个清净而舒适的私人空间尤为重要。

作家们的个人空间独具魅力，慕名而来的参观者络绎不绝。我们好奇托马斯·哈代在什么地方创作了《德伯家的苔丝》，J.K.罗琳的《哈利·波特》又是从哪里汲取了灵感。事实上，文学旅游的历史可以追溯到200年以前，而一些作家对另一些作家的私人空间也有着一睹为快的浓厚兴趣。1865年，“桂冠诗人“阿尔弗雷德·丁尼生参观歌德位于德国魏玛的故居时，被这位德国作家的“神圣书房”所震撼。丁尼生之子哈勒姆·丁尼生在1897年为其父撰写的传记中对“神圣书房”进行了描述：

人们无法用语言来形容进入这间低矮阴暗的房间时所感受到的敬畏和伤感。狭长的屋子中间是一张餐桌，桌上放着歌德曾用来支撑双臂的软垫。桌子旁还有一把带坐垫的椅子，歌德有时会坐在那里。他习惯来回踱步，向秘书口述书稿内容。房间里的一面墙上，一排高度为墙体三分之二的书架贴墙而立。书架上放着几盒歌德的手稿、像钞票一样被捆扎在一起的访客名片，以及歌德的旧空酒瓶。瓶子内壁上，葡萄酒挥发后留下的霜状痕迹清晰可见。另一面墙上挂着一张重大事件一览表，记录了报纸上登载的关于他的事件。

正如哈勒姆·丁尼生发现的那样，有故事的房间总能让人体验到一些玄妙的东西：深受爱戴的作家极目远眺时所看到的景色，他们休息时用的座椅，他们精心打造的激发了他们创作灵感的氛围。事实的确如此，这些房间不仅可以让人们窥见主人的装潢品位，更为好奇的来访者提供了洞察作家生平的机会——在他们最私密的空间里，什么事物对他们来说具有最深刻的意义？弗吉尼亚·伍尔夫在本序言开头部分所提及的散文中多次表达了这一观点——作家们的住所及其写作的房间都对主人的个性有着重大影响。因此，在他们的住所里参观一小时可能比阅读一整排传记类书籍的收获更多。

参观这些屋舍，我们有机会置身于这些作家的现实生活场景，浏览书架上的藏书，在杂物随意堆放的书桌旁稍作休息。如果说步入朋友的房子进行深度参观会让人兴致盎然，那么在赋予了詹姆斯·邦德血肉之躯的房间里，即便只是坐在椅子上，也会让人心潮澎湃、浮想联翩。这些物品和空间见证了作家们破茧成蝶的创作

历程。你可以在作家生活的年代和居所中肆意徜徉，用心体会他们的真实生活，感受一下凌乱的书桌和吱吱作响、扰人心绪的破旧木门。还可以跟随他们的思绪，进一步了解居住环境和生活习惯如何影响了他们的作品。我记得第一次站在乔治·伯纳德·萧花园里的旋转小屋前时，感觉自己好像以某种方式进入了他所创作的传奇故事里。而我之后每年再来这里时，仍然会有同样的感觉。

不仅私人住宅可以为人们提供完美的写作空间，几个世纪以来，图书馆也一直是作家们思考和研习之地。在曼彻斯特的切塔姆图书馆里，1845年弗里德里希·恩格斯和卡尔·马克思工作时用的桌子和凹室仍被虔敬而完好地照管着。马克思的女儿埃莉诺在大英博物馆阅览室里第一次将《包法利夫人》翻译成了英文。实际上，作家们在图书馆里创作的书并不多，雷·布拉德伯里的《华氏451》却是其中之一。

那些天资卓越的人们，在与我们面临相同的挑战时，能够应付自如，他们是受到了某种神秘力量的影响吗？如果那些

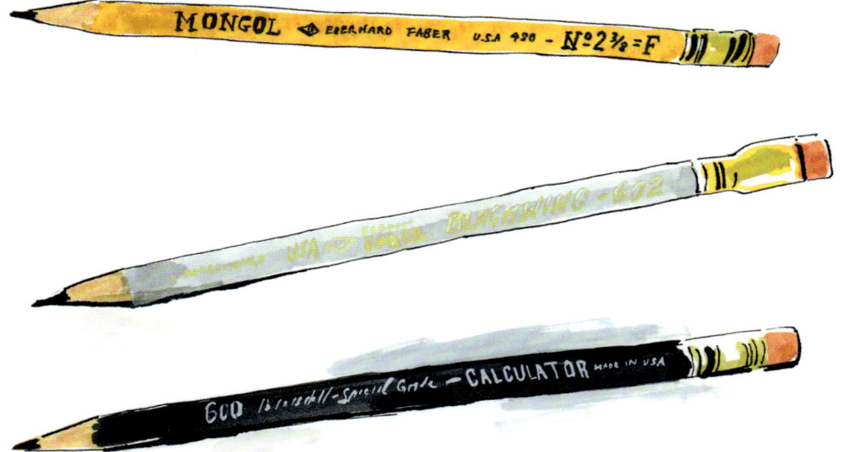

房间里（对D.H.劳伦斯来说，是在那些树下——参见第88页）的作家能够摸索出成功的创作模式，我们是否可以加以借鉴，进而提升自己的创作能力？我们也许可以忽略德国诗人弗里德里希·冯·席勒这类作家创作方式——席勒认为自己只有闻到烂苹果的味道时，写起诗来才能文思奔涌、如有神助，因此他经常会挑选一些烂苹果放在书桌的抽屉里。

那么，我们能从伟大作家创作的地方总结出一些具有普世意义的真理吗？虽然每一位作家对创作都有自己独特的、无伤大雅的小癖好和基本要求，但以下三个要素似乎尤为重要。

首先，无论创作地点是简易的小木屋、卧室、图书馆还是汽车上，作家们都喜欢为自己创造一个至少免受干扰的写作空间（但E.B.怀特也曾指出，人间世事多纷扰，剪不断理还乱。——参见第162页）。有些人干脆切断所有网络连接，比如乔纳森·弗兰岑；而另一些人则果断离开家，去某个不为人知的写作“避难所”进行创作——马娅·安杰卢选择了酒店（参见第5页），并对酒店的名字秘而不宣。

这就引出了第二点：充分利用现有资源的重要性。安东尼·特罗洛普的《巴塞特郡纪事·二：巴彻斯特大教堂》一书，绝大部分内容都是他在乘坐火车通勤的途中完成的，他在自制的便携书桌上用铅笔写字，他还发现便携书桌和传统的书桌一样好用。写作棚屋可能是你远离尘嚣的最后港湾，路易莎·梅·奥尔科特却在卧室里的下拉式隔板上创作出了《小妇人》，这个小而实用的隔板是父亲为她赶制而成的。

最后，无论你在哪里写作，请尽量安排在上午。即便是那些以“夜猫子”著称，并且无论如何都算不上“早鸟”的作家，也通常都会赶在午餐前开始当天的写作任务。

本书将带你寻访这些作家和他们的房间——那些会讲故事的房间。

伊莎贝尔·阿连德（Isabel Allende）
赴一场与书的约会

加利福尼亚州，圣拉斐尔，写作工作室

在委内瑞拉加拉加斯的一间公寓里，伊莎贝尔·阿连德（1942—）在厨房里用打字机写出了她的第一本小说《幽灵之家》。她在祖国智利发生军事政变后，逃到加拉加斯。多数情况下，她都在深夜写作，即每天下班做完晚饭之后；后续创作的书则分别在刻意改造过的储藏室、咖啡馆和汽车里完成。2001年，她在加利福尼亚州的圣拉斐尔建了一栋新住宅。从新家极目远望，可以饱览旧金山湾的绝美风景。阿连德还在后花园里为自己建造了一座小屋。她的规划初衷是将小屋建成一个带盥洗室的游泳池更衣房，后来却变成她的全职写作工作室；她在那里完成了之后十几本书的写作，直到2016年她离婚并出售了整栋住宅。

这座小屋主要被用于写作，除了她以外的任何人都不能进入，甚至不能打扫——阿连德将这里当作自己的“神圣空间”，并将30秒的通勤描述为前往另一个世界的旅程。为了确保有一个绝对安静的环境以达到心神合一的专注状态（她将这样的状态比作冥想），她将整个写作过程中的干扰因素降到最低：既不安装电话，也不连接互联网。唯一的例外情况是：这座小屋曾被她当作女性祈祷团体定期举办“长期失序姐妹互助会”的场所。这个聚会每两周一次，延续了数十年，主旨是女性之间探讨私密问题并互帮互助。

小屋里摆满了对阿连德意义非凡的物件，包括成箱的珠子。阿连德喜欢自己制作首饰，借此缓解写作疲劳，或者在行文不畅时厘清思路。此外，屋内还保存着阿连德怀孕时为即将出世的女儿葆拉制作的两个布娃娃。女儿的不幸早逝被阿连德记录在她1994年为葆拉撰写的同名回忆录《葆拉》中。小屋里一直摆放着葆拉的一双白色婴儿鞋，以及一张葆拉在结婚证上签名时的照片。衣橱里收纳着

每年的1月8日，都是阿连德在“神圣空间”开启新小说创作之旅的日子。

几十年来阿连德的母亲写给她的信件。她认为这些照片和手工作品为她的写作提供了重要的精神安慰。

小屋里的书很少：桌子上放着几本字典，书架上是所有阿连德作品的初版，不同语言的版本各有一本。此外还有智利诗人和政治家巴勃罗·聂鲁达的作品集，以及一本西班牙语版莎士比亚作品集，那是祖父送给她的礼物。

阿连德将每年的1月8日称为自己的“圣日”。她曾在这一天给处于弥留之际的祖父写了一封长信，后来这封信演变成了她的成名小说《幽灵之家》（尽管她现在已经改用电脑写作，但仍将写《幽灵之家》时使用的那台打字机放在桌子上留念）。此后，每年的1月8日她都会开始创作一部新小说。1月7日那天她会将所有与新书

无关的物品清走，并将写上一本书时所用的参考书籍全部捐赠给慈善机构，以便为新作品定一个全新的基调。而在1月8日这一天，她会早早起床，遛狗、冥想、喝一杯清茶，然后点燃鼠尾草和蜡烛，祈求葆拉的灵魂和其他缪斯女神给她力量，让她创作新书时能够思如泉涌，一气呵成。在创作期间，除了周日之外，她每天早上都会遛狗、锻炼和冥想，然后8点30分会准时坐在办公桌前，一直工作到晚上7点，仅在下午安排一段时间休息和散步。这样的作息时间会一直持续到她完成初稿——通常是5月份左右。

新年写作誓言

和其他人一样，作家们也会在1月制订自己的新年计划，以求在未来的12个月里工作进展得更加顺利。塞缪尔·佩皮斯于1660年1月1日开始写他著名的日记。让人疑惑不解的是，这本日记就像一个新年誓言——他常在一本小书中写下他口中的“誓要达成的目标”，并随身携带，自我激励。尽管他的日记如行云流水，挥洒自如，但他对誓言的履行却不尽如人意，包括他在1661年12月31日写下的誓言：“最近我郑重宣誓，要戒掉戏剧和葡萄酒。”

1703年年初，塞缪尔·约翰逊除了对自己在过去12个月里的糟糕表现进行常规性的反省之外，还在一年一度的新年祷告中保证“要坚持记日记”。

有些作家的新年誓言非常具体。1931年1月，弗吉尼亚·伍尔夫发誓“要写好《海浪》”，更通俗一点说就是“有时读书，有时不读书”，这个誓言对所有人来说都是轻而易举就能做到的事情。1986年年初，斯蒂芬·金因为他最新的一本小说（长达1100多页）受到批评而耿耿于怀，于是立下了十年来的第一个新年誓言：“永远不要写任何比你的头体量还大的东西。”

克里斯托弗·伊舍伍德在日记中记录下了很多新年誓言，主要目的是激励自己提高写作效率，珍惜时间。但作家并非圣贤，即使当初满腔热忱，也未必能将所有誓言付诸实践。1852年1月1日，诗人罗伯特·布朗宁下定决心要每天写一首诗。但他只坚持了4天。

当然，随着年岁的更替，作家们列新年计划时心中最重要的可能变成了写作以外的事情。P.G.沃德豪斯在1905年立下的新年誓言是“学习弹奏班卓琴”。

Please make up this room
ROGET'S THESAURUS
Dry Sherry
Modern English Usage
HOLY BIBLE

马娅·安杰卢（Maya Angelou）
酒店客房的灵感

各大酒店，包括北卡罗来纳州温斯顿-塞勒姆的多家酒店。

想要避免在写作时因家庭生活而分心，最愉快的解决方法之一是入住酒店客房。

欧内斯特·海明威曾经发现，坐落于哈瓦那的两个世界酒店的511客房带给他很大的启发，他在那里创作了《丧钟为谁而鸣》，以及《死在午后》的部分内容。此后这个房间成了一座小型海明威纪念馆。2002年，伦敦的萨沃伊酒店为它的常驻作家费伊·韦尔登免费提供了一间每晚价格350英镑（折合人民币约3200元）的客房用于写作。《作家名人录》中的部分作家，如杰克·凯鲁亚克、威廉·巴勒斯和阿瑟·C.克拉克等，则选择了位于纽约的切尔西酒店。正是在切尔西酒店的1008客房，阿瑟·C.克拉克将自己的长篇小说《2001：太空漫游》改编为电影剧本。

马娅·安杰卢（1928—2014）的工作日程是每天早起后前往她家附近的某一家酒店。她按月租下一间客房，并刻意选择简朴的陈设：小小的房间里只保留一张床，也许还有一个盆，并移除了房间内所有的装饰画。她只从家里带去一瓶雪利酒、一副扑克牌、一本《钦定版圣经》和一本字典，有时还会带一本同义词词典和几张有填字游戏的纸。她每天早上6点30分左右开始工作。

安杰卢在外人面前绝口不提这些酒店的名字，酒店员工也会帮她将外界干扰降至最低：他们进安杰卢的房间只是为了清空废纸篓、更换床单，人们询问安杰卢是否在酒店时他们会假装不知情。步入晚年后，安杰卢搬到了北卡罗来纳州温斯顿-塞勒姆。据推测，她可能租住过该市历史悠久的布鲁克斯敦旅馆和金普顿卡迪纳尔酒店。

在酒店的客房里，安杰卢躺在床上用黄色拍纸本手写书稿。她下午回家工作，稍作休息，洗个澡。傍晚时分，她会用打字机编辑书稿。安杰卢晚年使用的是20世纪80年代生产的阿德勒流星12型打字机。

环境安适，远离搅扰，是安杰卢日常创作的关键。

玛格丽特·阿特伍德（Margaret Atwood）
谁还需要一间写作室啊?

普天之下皆可写作

并非所有的作家都需要一个特定的工作室，也并非所有作家都养成了一丝不苟的日常写作习惯。《证言》和《羚羊与秧鸡》两本书的作者是加拿大小说家、诗人玛格丽特·阿特伍德（1939—），她的写作方式随性自在，不苛求环境细节。

她不是每天都写作，因而也没有养成程式化的写作习惯。当她觉得写作已经告一段落时，就会做一些其他事情（尤其是重复性的、与写作完全无关的事情）来厘清思绪。尽管阿特伍德没有固定的写作习惯，但她会先手写稿件，而后将几十页书稿录入电脑（不过她最早写小说的时候使用的是打字机），然后再用纸和钢笔继续写作。她借鉴第一次世界大战期间军队使用的火炮战术，将这种写作方法称为“徐进式弹幕法”。1984年，柏林墙倒塌之前，她曾在西柏林居住了一年。在此期间，她租用了一台大型德国手动打字机，使用“徐进式弹幕法”完成了一部当代经典之作——《使女的故事》。

她不是每天都写作，因而也没有养成程式化的写作习惯。当她觉得写作已经告一段落时，就会做一些其他事情来厘清思绪。

阿特伍德开始写一本新书时，起始目标是每天工作2小时，完成1000—2000单词的写作量，随着作品逐渐接近尾声，她会逐渐增加工作时长。她20多岁的时候同时做着几份兼职，因而时常在晚上写作。随着写作越来越成功，她开始改为上午写作。后来，她的写作时间又变成了从上午10点到下午4点，即她女儿上学的时间。

无论在办公桌上、飞机上还是在咖啡馆里写作，阿特伍德都能感受到同样的快乐。

阿特伍德和其他处于事业上升期的作家一样忙碌。她发现

在酒店客房、咖啡馆、飞机上等很多地方一样可以工作。她曾说："我没有真正意义上的写作空间。"尽管如此，无论在哪里工作，她都更偏爱有窗户的地方，并且她确实拥有一间经常用于工作的书房，那里有两台电脑，其中一台连接了网络（她喜欢推特，但为了防止自己沉溺于网络，便将每天的上网时间严格限制在10分钟左右——参见扎迪·史密斯，第136页）；另一台电脑放在第二张桌子上，刻意不联网。但阿特伍德显然并不排斥学习新的科学技术——2004年，她构想出了第一台远程文件签名设备"长笔（Long Pen）"。

她时常使用办公桌，有时也会躺着或半蹲着工作，不过不会在写作时放音乐。

阿特伍德喜欢使用笔记本和黄色的拍纸本，尤其偏爱有页边空白和粗横线的纸张，以留出标注的空间。她的原则是，如果笔记本过于精美，她会不忍心在上面胡乱涂鸦。出差时她除了随身携带笔记本外，还会在床边放一个笔记本。她承认自己的桌子上有很多笔，包括那些她用于收藏的羽毛笔。这间书房里还陈列了很多书，

但没有一本是她口中那种能为她带来灵感的“法宝”。

阿特伍德有一个习惯与其他作家相同——喝咖啡，咖啡是她工作的重要组成部分。在成为小说家之前，她曾在一家咖啡馆工作。她甚至曾与加拿大巴尔扎克咖啡连锁店合作，推出了一款以她的名字命名的中度烘焙混合咖啡（“口感柔和雅致，焦糖质感尽显醇滑绵软”）。经验证，这款咖啡对鸟类很友好，因为阿特伍德还是一位热心的环保主义者，长期致力于对鸟类的保护工作。

躺着写作

躺着写作或者干脆躺在床上写作已经成为很多作家的工作日常。甚至有研究表明，与保持直立的姿势相比，躺着工作更有利于提升创造性解决问题的能力。人们对可躺着使用的办公桌的需求也日益增长。

有一些作家习惯每天躺着工作一段时间。俄罗斯裔美国小说家弗拉基米尔·纳博科夫年轻时常常在床上写作，后来这个习惯逐渐调整为偶尔使用扶手椅和站立式办公桌。据说性情乖僻的英国诗人伊迪丝·西特韦尔会为一整天的写作做好充足的准备：躺在一个舒适的、敞开的棺材里思考自己的下一步工作（这一点可能有待考证），周围放着各种横格笔记本。为了缓解视力不断恶化的问题，詹姆斯·乔伊斯喜欢趴着写字，他经常身穿白色外套，使用蓝色的大铅笔。

但躺得最平的要数杜鲁门·卡波特了，他声称自己是一位“完全躺平的作家”。他理想的写作姿势是：平躺之后，手写书稿，香烟和咖啡触手可及。后来，香烟和咖啡被他换成了薄荷茶和雪利酒，最后又换成了马提尼酒。

W. H. 奥登（W. H. Auden）
不修边幅的天才作家的写作室

纽约，公寓；奥地利，希基施泰腾，阁楼

据传，法国小说家古斯塔夫·福楼拜曾说过："养成有规律的、有条不紊的生活习惯，创作时才能激情满满、妙笔生花"。威斯坦·休·奥登（1907—1973）无疑正是一名妙笔生花的英国诗人，但我们很难苛求他将写作室保持得整洁有序。

奥登认为，坚持规律的作息是志存高远的表现。他每天早上都会喝一杯咖啡，6点准时开始写作；中午12点左右下班，下班前玩一会儿填字游戏。然后用半小时吃完午饭，下午回来继续工作，傍晚停笔。他谢绝任何人在工作时间来访。奥登在笔记本上写初稿，在右页上开始写，左页用于修改，最后用打字机打出终稿。尽管如此，他依然声称自己讨厌打字机——因为打出来的字看起来"缺乏个性，丑陋不堪"。《新诗》杂志编辑杰弗里·格里格森调侃他的笔迹："要是写一只从天而降的长脚蛛可能早就成功了。"奥登曾表示，人们喜欢他们自己的笔迹，就像他们"喜欢自己放屁的味道"一样，这种说法让人印象深刻。

奥登通常都能遵守约定，不拖延交稿日期，并会定期查看手表，就像某些人查看网络社交媒体那样。他的诗歌作品，包括《葬礼蓝调》《迁徙的花园：奥登诗101首》《夜邮》，以及歌剧剧本，无不显示出他炉火纯青的文字驾驭能力，不过这些作品都是在脏乱不堪的环境中完成的。

奥登一生漂泊不定，每年通常会在夏季去欧洲避暑，一年里的其他时间主要居住在纽约下东区的一套公寓内，他称之为"我在纽约的安乐窝"。政治理论家汉娜·阿伦特形容这套公寓为"贫民窟公寓"，而艺术家玛格丽特·加德纳则称之为"浅棕色的洞穴"。他在公寓里一间小屋的餐桌上写作，屋内安装了一个绿色大理石壁

奥登在奥地利农村的家和他在纽约的"安乐窝"一样邋遢。

炉和几个嵌入式书柜，窗帘长期处于拉上的状态。

他的朋友、美国诗人查尔斯·米勒在他那本出版于1983年的回忆录《奥登：美式友谊》中，委婉地评价奥登的安乐窝“有些凌乱”，但他对餐桌的描述显然让人大倒胃口：主桌上摆满了书籍、杂志，有几个喝了一半且留有浮垢的咖啡杯、一点面包、一大盘烟头和橄榄核，还有一些洗过但仍有污渍残存的餐具。空气中弥漫着尼古丁和馊咖啡的混合臭味。玛格丽特·加德纳对小屋的印象是，感觉连屋内空气的色调都是一种沉闷的棕色。奥登的朋友伊戈尔·斯特拉文斯基称他为“我喜欢过的最邋遢的男人”。奥登曾表示，他讨厌在脏乱的环境中生活，“但我无法做自己理想的工作，也无法以其他方式生活”。

空气中弥漫着尼古丁和馊咖啡的混合臭味。玛格丽特·加德纳对小屋的印象是，感觉连屋内空气的色调都是一种沉闷的棕色。奥登的朋友伊戈尔·斯特拉文斯基称他为“我喜欢过的最邋遢的男人”。

除此之外，他嗜烟如命，并定期、大剂量地服用中枢神经兴奋药物“安非他命”（被他戏称为“节省劳动力的设备”），以帮助他迅速进入工作状态。他白天持续大量地饮酒，下午5点喝鸡尾酒，晚上入睡前再服用镇静剂（床边还常备一瓶伏特加，凌晨醒来时喝一杯）。他称自己的这种生活方式为“化学人生”。

1958年，奥登在奥地利希基施泰腾购置了一处农舍，但屋内的邋遢景象却和他的安乐窝如出一辙。农舍的阁楼书房因他1965年出版的组合长诗《栖居地的感恩》中的《创作的洞穴》和《爬上来》两首诗而被人们铭记。农舍的一部分被改造成奥登纪念馆，而那间写作室基本保持着奥登使用它时的原貌（已经被收拾整洁）：木制写字台倚窗而立，书架上摆满了他最喜欢的由企鹅公司出版的侦探小说，还有奥利维蒂牌打字机、烟灰缸和拖鞋。

简·奥斯汀（Jane Austen）
搬家之痛

汉普郡，乔顿，餐厅

搬家会让人感到晕头转向，搬过家的人对这一点都有同感，搬家对英国小说家简·奥斯汀（1775—1817）来说，显然也有着深刻的影响。

住在汉普郡史蒂文顿时，奥斯汀快乐无虞，极富创作力。她常在一个便携式红木书写箱上写作。那个书写箱是父亲1794年送给她的生日礼物，打开后是一个倾斜的桌面，里面还有专门盛放纸张和墨水的格子和一个带锁的抽屉。她很可能就是在这个书写箱上写出了《傲慢与偏见》《理智与情感》和《诺桑觉寺》的早期版本。这个书写箱是她最珍贵的财产之一，她特意把自己的眼镜放在里面。在1798年写给姐姐卡桑德拉的一封信中，奥斯汀讲述了这个书写箱差点被运往西印度群岛的恐怖经历。

在创作初期，奥斯汀常将书稿写在小纸片上，因为小纸片很容易被装进书写箱。后来她的写作方式有所改变，她将大部分文字都写在了有16页纸的“小册子”上，然后将这些小册子一本一本地组装在一起，制成更厚的书。

1809年搬到汉普郡乔顿后，奥斯汀又找回了昔日的快乐，她对文学创作的激情也与日俱增。她每天在餐厅里的一张十二边形的胡桃木小餐桌上写作。这张桌子的结构比书写箱简单得多，当然也不是专用的写字台。桌子紧靠窗户，光线充足，站在桌前可以看到那条穿过村庄的道路。这张餐桌目前在奥斯汀故居纪念馆里展出。奥斯汀没有专门的写作室，由于桌子太小，她很可能也在家里的其他地方写作。她用羽毛笔和自制的橡树虫瘿、鞣酸铁墨水写字，修改了几部写于史蒂文顿村的小说，又陆续创作了《曼斯菲尔德庄园》《爱玛》和《劝导》等作品。她的侄子詹姆

生活在大家庭里的奥斯汀在私下里偷偷写作。

斯·爱德华·奥斯汀-利在为她撰写的回忆录中描述了一个小插曲，我们可以从中看到她的一些日常写作习惯：奥斯汀喜欢对自己的作品保密，只要听到门响，她就会警觉有人进入房间。他这样写道："她时常小心翼翼，以免自己的职业被仆人、访客或家庭成员以外的任何人察觉"。她潜心写作，除了沏早茶，绝大多数情况下不会为家庭琐事分心。

奥斯汀经历了数次搬家。从史蒂文顿搬到巴斯后，在那里居住了6年，然后又搬到乔顿。住在巴斯的6年间，她的作品寥寥无几，创作的小说《沃森一家》也中途夭折，原因不得而知。虽然她偶尔会在信中表示出对在巴斯生活的不满，却似乎也没有到悲苦难耐的程度。另外，频繁的社交以及时常远行也影响了她的写作。当然不排除还有其他原因，比如她在精神方面的抑郁倾向。她当然不想搬离史蒂文顿，这个决定很大程度上是父母强加给她的。她的侄子詹姆斯曾表示，"对高度敏感的年轻人来说，失去第一个家，通常会让他们心情沉痛"，并且"搬家让她黯然神伤"。无论有多少种原因，总之，移居巴斯对奥斯汀来说都不只是搬家而已，它还扰乱了奥斯汀的日常写作习惯，并在很大程度上抑制了她的创作灵感。

她用羽毛笔和自制的橡树虫瘿、鞣酸铁墨水写字，修改了几部写于史蒂文顿村的小说，然后又创作了《曼斯菲尔德庄园》《爱玛》和《劝导》等作品。

奥斯汀有倾斜桌面的书写箱目前已成为大英图书馆的藏品。

詹姆斯·鲍德温（James Baldwin）
夜猫子作家

巴黎，花神咖啡馆；法国，普罗旺斯，圣保罗·德旺斯，书房

鲍德温在巴黎的写作和生活比在美国惬意得多。

很多作家在旅居国外期间创作出了自己最优秀的作品，美国小说家、散文家詹姆斯·鲍德温（1924—1987）就是其中之一。1948年，鲍德温移居法国，先后住在巴黎和普罗旺斯风景如画的圣保罗·德旺斯。20世纪60年代的大部分时间里，他住在土耳其，继续创作关于美国的文学作品（但他不喜欢自己被人称作“侨民作家”或“自我放逐的作家”）。在他的职业生涯中，有一件事是一成不变的，那就是他几乎只在夜间写作：从吃过晚饭后开始，一直到凌晨4点左右结束。

这是他少年时期被迫养成的习惯。当时他住在纽约，白天不但要照看年幼的弟弟妹妹，还要工作，所以只能在晚上写作。他成年后依然保持着这个习惯，因为晚上是他唯一可以独处的时光。

鲍德温在巴黎花神咖啡馆完成了他的第一本书——半自传体小说《向苍天呼吁》（1953）。《巴黎的平等》是他1955年出版的散文集《村子里的陌生人》中的一篇文章，文中写道：“从住进法国酒店的那一刻起，我就明白了去法国咖啡馆的必要性。人们很难找到我，因为我一起床，就满怀希望地带着笔记本和钢笔到花神咖啡馆楼上的房间写作。在那里我喝了很多咖啡，随着夜幕降临，我又喝了很多酒，但写下的文字却屈指可数。”

在生命的最后15年里，鲍德温一直在家中写作。他的家是一座石砌的农舍，位于法国南部，有着300年的历史，从这里可以远眺法国南部的地中海美景。这座农舍有12个房间，被当地人称为谢兹·鲍德温庄园。这个家为他带来了很多创作灵感。他最后创作的剧本《迎客桌》（未出版）就是以家中露台上的圆桌为原型的。鲍德温曾在露台上盛情款待了多位著名作家，比如马娅·安杰卢和托尼·莫里森，以及包括迈尔斯·戴维斯、约瑟芬·贝克和妮娜·西蒙娜在内的音乐家。结束晚间的写作后，他会在中午起床，然后迎接这些客人。

尽管有时鲍德温经常在家里举办国际友人间的社交聚会，但到了晚上，他会在庄园后面的一层生活区内工作，这里有一个小厨房、一间浴室以及他的书房。法国艺术家乔治斯·布拉克曾在这间书房里作画。根据鲍德温的门生塞西尔·布朗的描述，书房里有一个开放式壁炉，地上铺着红色的地毯，屋子里弥漫着威士忌和香烟的味道。鲍德温在一张大餐桌上工作，有时在空白的白色拍纸本上写东西，但他更喜欢用打字机。他有很多台打字机，包括一台阿德勒加布丽埃勒35型打字机、一台史密斯卡罗纳自动2200型打字机和一台奥林匹亚SM7型打字机。

工作之余，鲍德温会坐在露台上的餐桌旁休息。他在1987年为

《建筑文摘》杂志撰写的一篇文章中将这个露台描述为“一座静谧而安详的岛屿”。

鲍德温还在1975年写给弟弟大卫的信中形容自己的写作室是“地牢”和“刑讯室”。随着年龄的增长，他发现自己越来越难保持写作所需的精力，并称自己的职业是一种糟糕的谋生方式。尽管如此，他工作起来依然兢兢业业、从不懈怠。他在圣保罗・德旺斯创作了大量文学作品，包括他的非虚构作品集《无名之辈》（1972）、小说《假如比尔街可以作证》（1974）和他唯一的诗集《吉米的布鲁斯》（1983）。

遗憾的是，谢兹・鲍德温庄园永远不会被改建为作家故居纪念馆，甚至不会像他所希望的那样，成为非裔移民作家的避风港。鲍德温去世后，这座庄园年久失修。尽管人们发起了多次筹款活动，但为了给一个新的豪华住宅项目腾地方，它最终还是没有逃过被拆除的命运。

在酒吧写作

鲍德温当然不是唯一一个在酒吧里寻找灵感的作家。巴黎花神咖啡馆的常客让-保罗・萨特和西蒙娜・德・波伏娃经常在上午9点开始工作，中午休息两个小时吃午饭，然后一直工作到晚上8点，其间他们与朋友一起聊天、写作、畅谈理想。1905年，欧・亨利（本名威廉・波特）在纽约的皮特酒馆创作了著名短篇小说《麦琪的礼物》，马尔科姆・格拉德威尔在《引爆点》中描述了咖啡馆为他构思作品带来灵感的过程。“Tertulias（茶话会）”是一种半正式的文学沙龙，在西班牙很多酒吧和咖啡馆盛行了数百年，比如马德里的希洪咖啡馆。小说家、文学评论家福特・马多克斯・福特将咖啡馆描述为“一个严肃的地方，严肃的人在这里探讨严肃的主题，并塑造文明”。萨特在他的《战时日记》中提到，咖啡馆提供了他写作所需的一切：咖啡、烟草、桌子和笔。

奥诺雷·德·巴尔扎克（Honoré de Balzac）
咖啡和特立独行的日程

巴黎，书房；法国，图尔，萨榭城堡，卧室

众所周知，几个世纪以来，从伏尔泰、乔纳森·斯威夫特，到古斯塔夫·福楼拜和特里·普拉切特，咖啡对很多作家而言都是和纸张同等重要的必需品。法国小说家奥诺雷·德·巴尔扎克（1799—1850）当然也不例外。他在文章《咖啡的苦与乐》中对咖啡在提神醒脑、驱散睡意方面的神奇功效赞不绝口："咖啡是我生命中的强大动力之源。"

在巴尔扎克的写作室里，咖啡一直是必不可少的东西。他酷爱喝咖啡，最喜欢由波旁、马提尼克和摩卡三种不同的咖啡豆制成的混合咖啡，通常他会亲自研磨。很难确切衡量他每天要喝多少杯，有人猜测差不多有50杯，因为他使用的可能是小杯子而不是马克杯。如果咖啡没有达到预期的效果，他会直接吃研磨的咖啡豆粉末。他认为这是一种"可怕而残酷的提神方式"，并将此比作军队的战前集结。

借助大量的咖啡因，巴尔扎克能够在非常规的工作时段内获得持续的创作动力。他年轻时曾明确表示，他选择成为一名作家而非律师，因为无法忍受"在固定的时间吃饭、喝咖啡、睡觉"这种千篇一律的生活方式。在写给朋友（他后来的妻子）埃韦利纳·汉斯卡的一封信中，巴尔扎克描述了自己的工作习惯——晚上12点起床，工作8小时，用15分钟吃午餐；之后继续工作5小时以上，然后吃晚饭、上床睡觉。有时他会在早餐前打个盹。巴尔扎克声称，他曾连续写作48小时，其间只睡了3个小时。然而，他也意识到这样的生活方式不利于健康，他承认"我感觉自己精神涣散，心力交瘁……被可怕的工作恶魔所驱使"。

"咖啡、凌晨2点开始工作、乌鸦羽毛笔"是贯穿巴尔扎克写作时段的特色。

19世纪40年代的大部分时间里，巴尔扎克都在家中的顶层书房里写作。他家位于巴黎第十六区，目前已成为"巴尔扎克故

居”。他曾经使用的小巧玲珑的白瓷咖啡壶就陈列在这里：紫红色的镶边，上面印有他姓名的缩写字母，看起来十分惊艳。书房的窗帘通常是拉上的，写作需要的光线来自两个未经抛光的四角青铜烛台上的蜡烛。

巴尔扎克的椅子上包着织锦，扶手长而弯曲。他的写字台是一张实木餐桌，上面盖着绿色的呢子桌布。搬家时他也会带着这张小木桌。他说这张桌子“见证了我所有的痛苦”。由于写作时双臂的摩擦，桌面上的漆几乎被磨光了。桌子底部有一条横梁，可以看出他似乎不习惯将双脚放在上面休息，因为横梁的漆面依旧光滑如新。巴尔扎克在这里完成了大量作品，其中包括多卷本系列小说《人间喜剧》。

巴尔扎克在写作时会穿一双红色拖鞋，一件类似僧袍的白色棉质睡袍，腰上围一条威尼斯金链，链子上挂一把裁纸刀、一把剪刀和一把金色小折刀。他用乌鸦羽毛笔在浅蓝色的纸上写字，以免眼睛疲劳。

巴尔扎克在巴黎的其他住所已经不复存在，但由于他曾定期在朋友让・德・马戈尼的萨榭城堡写作，于是这座位于图尔附近的城堡目前已经成为巴尔扎克纪念馆。不写作时，他喜欢长时间在城堡里散步，享受宁静的氛围，呼吸新鲜的空气。当时的一篇报道描述了巴尔扎克的工作日程：他总是凌晨两点被闹钟吵醒。起床、喝完咖啡，吃了烤面包后，他就在一张特意改装过的餐桌上写作，直到下午5点才暂时停笔去吃晚饭，晚上10点上床睡觉。

作家们的椅子情结

当作家们全身心投入工作后，通常会持续写作数小时，因此他们需要一把舒适的椅子。多产的德国剧作家、诗人和小说家约翰·沃尔夫冈·冯·歌德深知，这种符合人体工程学的、健康的写作环境有多重要。他通常在一张站立式办公桌上写作，站累了也不坐柔软的扶手椅，而是坐在被称为“马鞍凳”的高凳上。这种凳子也被称为“驴子”，它看起来就像一个小凳子和一个带软垫的马鞍的结合物。马鞍凳的四条腿稍稍有些倾斜，更适合半站半坐，以便让人在保持脊柱直立的同时让背部肌肉得到放松。

马克·吐温和查尔斯·狄更斯都喜欢藤椅。狄更斯患有肛瘘，因此他尤其离不开自己的藤椅，他认为藤椅透气性好，让臀部更舒适。他写信给同样做了肛瘘手术的朋友、记者兼印刷商弗朗西斯·达尔齐尔·芬利：“时至今日，我想你已经知道使用镂空藤椅的重要性了吧？我可以证明，没有什么比它更好用了。即使偶尔住酒店，我也总是把藤椅从卧室里搬过来。”

J.K.罗琳创作《哈利·波特与魔法石》（1997）和《哈利·波特与密室》（1998）两本书时坐的椅子很难称得上精美。那是一把毫不起眼的橡木餐椅，椅子有红色的蓟花状装饰，这把椅子可以追溯到20世纪30年代。2000年《哈利·波特与火焰杯》问世后，她将这把椅子捐赠给了慈善拍卖会。捐赠前她给椅子重新刷漆，并在椅架上题词：“你可能不觉得我漂亮，但请不要以貌取人。我曾坐在这把椅子上创作了《哈利·波特》。”罗琳1995年在爱丁堡公租房里免费获得的这把椅子，在2016年的拍卖会上以27.8万英镑的价格售出，同时还附有罗琳的一封亲笔信，信中写道：“与之挥别，我情难割舍，而我的背却如释重负。”

而文学之椅的“圣杯”，也许当属莎士比亚的椅子。有资格夺得“圣杯”的椅子为数众多，其中包括一把陈列于剑桥郡安格尔西修道院内的雕花橡木椅，但使它夺得“圣杯”的理由尚不够充分。这把椅子归英国国家名胜古迹信托所有。

FAH 451

雷·布拉德伯里（Ray Bradbury）
地下室的诱惑

洛杉矶市，加利福尼亚大学洛杉矶分校鲍威尔图书馆，地下室；

加利福尼亚州，卡尔弗城，家中地下室

20世纪40年代到20世纪50年代初，擅长创作长篇小说和短篇小说的美国作家雷·布拉德伯里（1920—2012）通常在自家的车库里写作。但他的孩子们常常过来哀求他陪他们玩耍，这使他无法静下心来投入工作。因此，几经寻觅，最终他得以在加利福尼亚大学洛杉矶分校鲍威尔图书馆地下室的一间打字室里安顿下来。

布拉德伯里发现，这里整齐地摆放着一排排雷明顿和安德伍德打字机，打字机的租用价格为每半小时10美分。收费打字机的功效不亚于一台嘀嗒作响的时钟，时刻敦促人们加快写作速度。布拉德伯里也惜时如金，只用了大约9天的时间就写完了《华氏451》初稿的2.5万单词，使用打字机的费用大概是9.8美元。

后来他在家里的办公室（地下室）写作，就是从一定程度上模拟了这种氛围。他喜欢沉浸在自己毕生收集的创意小物件中。这些小物件种类繁多，有票根，也有美国国家航空航天局（NASA）赠送给他的火星仪。因此，地下室里除了摆放他常用的写作设备打字机、成堆的通俗杂志之外，还有储物柜、从地板到天花板那么高的整体书架，以及他的桌子。储物柜里塞满了他的手稿和笔记本。桌子上方还别着一个写有“不要思考”字样的纸条。几副面具垂挂在天花板上，椅子上放着一个高1.8米的波波鹿卡通玩偶复制品。他还在一整面墙上绘制了电先生——《必有恶人来》一书中的人物——的画像，而这本书就是布拉德伯里在这间地下室里创作的。他喜欢玩具，这里的很多玩具都是妻子送给他的圣诞礼物，包括恐龙模型和锡制机器人。

地下室里还有一些由他的小说改编的戏剧或电影在拍摄时所使用的道具。这些道具中，有一个罐子里面装着一颗假人头，是著名导演阿尔弗雷德·希区柯克拍摄电影《罐子》（根据布拉德伯里的短篇小说改编）时所使用的道具。

雷·布拉德伯里工作时喜欢把心爱的物件摆在身边，从布景道具到票根，应有尽有。

勃朗特三姐妹（The Brontës）
管理协同工作空间

西约克郡，霍沃思，餐厅/客厅

作家工作室，即一群作家聚集在一起撰写电视连续剧故事情节的地方，在21世纪时已经为大众所知悉。但早在150年前，勃朗特姐妹就开创了类似写作方式的先河。

勃朗特三姐妹和她们的兄弟布兰韦尔手足情深，四人共同描绘了名为“安格利亚”和“贡达尔”的虚拟世界。在霍沃思的牧师住宅里，她们写下了关于这两个虚拟世界的小书，并装订成册。随后还共同出版了她们的第一本诗集。夏洛特的传记作者、小说家伊丽莎白·加斯克尔这样描述她们工作的方式：

勃朗特姐妹保留了她们姨妈在世时就已经养成的习惯：晚上九点钟停下工作开始学习，在客厅里踱步。这时她们会讨论自己创作的故事，描述故事的情节。每人每周都会给其他人读一两次自己创作的内容，倾听她们的意见。夏洛特告诉我，这些意见几乎对她没有任何影响，她坚信自己的描述贴近现实生活，无须修改；但这种阅读引人入胜，让所有人兴致盎然，让她们从日常焦虑沉闷的氛围中解脱出来，为她们疲惫的心灵提供了一片可以自由驰骋的净土。

在这个集餐厅和客厅功能为一体的房间里，三姐妹一起缝纫、写作、谈论她们的作品。夏洛特的《简·爱》、艾米莉的《呼啸山庄》和安妮的《艾格妮丝·格雷》无一例外都是在这里的一张红木折叠餐桌上完成的。这张餐桌目前陈列在姐弟四人曾经居住的牧师住宅里，桌子中间有残留的墨点和蜡烛的灼痕，桌面上还刻着一个小写字母“e”。

1853年9月，加斯克尔拜访夏洛特的牧师住宅时，惊叹于这里的整洁程度，“亲切温馨，温暖舒适，家具以深红色为主调……简洁、明快，完全满足所有可能的合理需求”。彼时《简·爱》大获

勃朗特姐妹共同生活、写作的家庭空间。

Charlotte
Anne
Emily

成功，夏洛特不久前收到了稿费，因而得以将房间扩建，并购置了红色的地毯和窗帘。加斯克尔也对此发表了评论。三姐妹每人都有一张带锁的便携式黄檀木书桌，倾斜的桌板上覆着一层绒面，她们称之为“箱桌”，里面可以装墨水、文具、钢笔和笔尖、吸墨纸，以及其他小而贵重的物品。夏天，她们还会带着小木凳和各自的箱桌去这所住宅的花园，坐在醋栗丛附近写作。

当然，她们并不总在一起写作。安妮在19世纪40年代初才开始创作第一部小说，当时她在约克附近当家庭教师。成年后的艾米莉，对写诗这件事非常谨慎，当她的诗被夏洛特无意中发现，并且未经她允许就阅读时，艾米莉大发雷霆。但在大多数情况下，她们之间的合作犹如一个协作实体——勃朗特三姐妹。

三姐妹每人都有一张带锁的便携式黄檀木书桌，倾斜的桌板上覆着一层绒面，她们称之为“箱桌”，里面可以装墨水、文具、钢笔和笔尖、吸墨纸，以及其他小而贵重的物品。

工作关系对三姐妹的重要性不言而喻。夏洛特曾经给出版商乔治·史密斯写信说明最近一部小说《维莱特》的进展。她这样写道：“你知道我有时会多沮丧，甚至多绝望吗？现在没有人可以让我把文字读给她听，也没人能给我建议。《简·爱》不是在这种情况下写的，写《谢利》的前三分之二时也不是这样的。”姐妹三人毫无保留地对彼此的作品提出意见，晚上在餐桌旁踱步到深夜11点。艾米莉和安妮去世后，夏洛特一直保留着这个习惯。牧师住宅的仆人玛莎·布朗曾说：“听到勃朗特小姐独自一人不停踱步，我感到很难过。”对夏洛特而言，她失去的不只是她的至亲姐妹，还有作家工作室的其他成员。

姐妹们每人都有一个用来写字的“箱桌”。

安东·契诃夫（Anton Chekhov）
花园里的观景房

俄罗斯，梅利霍沃/雅尔塔，书房

热衷园艺的契诃夫同时也是作家和医生，他喜欢坐在办公桌前欣赏花园美景。

俄罗斯短篇小说天才、剧作家安东·契诃夫（1860—1904）对写作室进行了多项传统的研究，尽管他无心刻意维护写作室的神圣性，却很看重书桌的摆放位置。在莫斯科以南约64千米的梅利霍沃，契诃夫与妹妹和父母住在一栋平层庄园的主楼里。他把书桌摆放在书房的窗边，以便可以随时观赏心爱的花园、苹果树和蔬菜园的美景。

他的工作经常被打断。作为一名乐善好施的庄园主，他自告奋勇为佃农治疗霍乱和常见的疾病，并将自己的书房扩建一倍，用作一个非正式医生的手术室。搬进庄园两年后，他在住宅旁边的樱桃园里建造了一间小木屋用于接待来客，小屋里有一个可以俯瞰花园的露台。楼上的房间就是他的书房，他在这里完成了戏剧《海鸥》和《万尼亚舅舅》的创作。他在木屋外挂了一块自制的标识牌，上面写着："我的房子，我开启《海鸥》创作之旅的地方。"契诃夫写作的时候喜欢在上午喝咖啡，午间喝一种像羹一样浓稠的肉汤。他精心布置过的书房中有一张书桌、一套沙发和几把椅子，墙上还挂着很多幅油画、照片和版画。

他的朋友、俄罗斯剧作家伊格纳季·波塔潘科曾提到，当客人来访时，契诃夫会把几乎所有的时间都用来招待客人，当大脑中偶尔有突然闪现的灵感时，便会匆匆忙忙地去书房把它们记录下来，然后回来继续陪客人。

但契诃夫的灵感往往来自书房之外。花园给他带来了源源不断的活力和创作热情。他如饥似渴地阅读与园艺、花卉、林木和蔬菜种植相关的各种书籍，并亲自打理花园，而不是雇用他人劳作。他认为，如果他不能每天在花园里工作，那他就无法写作。他甚至明确说过："如果我不是作家，我想我可能会成为一名园艺师。"也正是在这里，契诃夫这位《樱桃园》的作者种下了50棵果树，打造了自己的果园。但这个"生活模仿秀"式的结局却让人深感遗憾：1899年，契诃夫卖掉庄园后，这些果树被无情地砍掉了。

契诃夫用钢笔和墨水写书稿，同时用铅笔在笔记本上做笔记。这些笔记充分说明了花园在他的生活中扮演着核心角色，就连他写给朋友和家人的书信，都以未来的写作项目、植物名称贯穿始终。他将种在花园里的每一个植物品种都记录在册，还将这种习惯在自己的作品中进行了延伸表达；比如，他在《海鸥》书稿的页边空白处列出了球茎的种类和植物的名称；鲜花和花园常常出现在他作品的人物对话中；《万尼亚舅舅》中的阿斯特罗夫医生坚信森林是首当其冲的自然资源；果园面临损毁的威胁是《樱桃园》这部戏剧的发展主线。

他如饥似渴地阅读与园艺、花卉、林木和蔬菜种植相关的各种书籍，并亲自打理花园，而不是雇用他人劳作。

《海鸥》大获成功后，契诃夫在黑海沿岸的海滨度假胜地雅尔塔郊区买了一块地，建造了他的新家——白色别墅，这也是他创作《三姐妹》和《樱桃园》的地方。他在新家为自己打造了一间舒适的书房，里面安置了一张蓝色的大办公桌，墙上贴着印花壁纸，还挂了很多幅画作，其中包括他父亲的一幅画作和俄罗斯著名艺术家伊萨克·莱维坦的一幅风景画。尽管这栋白色别墅布置得非常妥帖，但随着契诃夫肺结核病的日益加重，他发现还是以前那座住所的花园和清幽怡人的环境能够给他带来真正的心灵慰藉。

《带狗的女士》是契诃夫最著名的短篇小说之一，它的创作灵感源于他在白色别墅的书房凭窗远眺时看到的海滨风景。雅尔塔是风靡于俄罗斯富裕阶层的度假胜地，也因契诃夫的婚外情而背负了一些恶名，不过这也为《带小狗的女人》中婚外情缘的主调奠定了基础。

Э.ИММЕРА и СЫНА

“写作没有捷径；只有持之以恒地努力，屡遭挫败也不言弃，坦然接受各种不确定性，并不断尝试，才终能修成正果。”

——路易莎·梅·奥尔科特

“洗碗的时候是构思一本书的绝佳时机。”

——阿加莎·克里斯蒂

阿加莎·克里斯蒂（Agatha Christie）
稳固的桌子和打字机

多个房间，包括她位于伦敦和牛津郡沃灵福德的家

克里斯蒂可以在任何地方工作，并且最喜欢在洗澡时头脑风暴各种小说情节。

阿加莎·克里斯蒂（1890—1976）是世界上最受欢迎的侦探悬疑小说作者之一，也是有史以来作品最畅销的作家之一。她说自己从来没有一个特定的房间或专门的地点用于写作。在1977年的《阿加莎·克里斯蒂自传》中，她写道：“我所需要的仅仅是一张稳固的桌子和一台打字机。”

这句话的表达没有问题，但不完全正确，因为在她位于伦敦的部分住宅里，她确实有自己的房间，她坐在那里用钢笔和打字机写作，她后半生所居住的位于牛津郡沃林福德的家也是一样的。她还将位于克雷斯韦尔普雷斯的住宅（她1937年创作的短篇小说《幽巷谋杀案》的灵感来源）做了大量改动，增加了一个稍显违和的迷你楼层，专门用于写作。

1934年至1941年，克里斯蒂与她的第二任丈夫（考古学家马克斯·马洛温）一起住在位于谢菲尔德特瑞斯的联排住宅中，这里有一个专门的写作室，克里斯蒂在这里创作了《尼罗河上的惨案》《古墓之谜》和《东方快车谋杀案》（伊斯坦布尔的佩拉宫酒店声称，该酒店的411客房是克里斯蒂创作《东方快车谋杀案》的地方，并将这间屋子变成了她的纪念馆）。

她希望联排住宅中的这间写作室可以不受外界干扰，所以尤其强调不能安装电话，但她为这间屋子配备了一架施坦威钢琴（她将它描述为“坚固的大餐桌”）、一把“打字用的硬直背椅”、一套舒适的沙发和一把用于休息的扶手椅。这里无疑比她此前创作《马普尔小姐之谜》和《牧师公馆谋杀案》时所住的小家宽敞得多——那个小家位于伦敦坎普登街，没有专门的书房。

为了创作，除了充分利用写作室之外，克里斯蒂还会利用闲

暇时间制定写作方案，任何地方都可以成为她的临时书房，甚至在陪同丈夫去中东考古时，她都会在帐篷内写作。她说自己常常在洗澡和吃一大堆苹果的时候灵感乍现（其实部分原因是她在任何环境中都能不受干扰）；同时，她会用最低需求法——“一张稳固的桌子”——来降低对写作环境的预期，从而做到无论是在卧室的大理石盥洗台上还是餐桌上，她都和在书桌上创作一样轻松自如。

克里斯蒂通常会在1月份开始写新书，大约在春季完稿。她习惯将自己的想法记录在笔记本上，以便在写作时进行查阅。在她的职业生涯中，大多数情况下她会同时写两本书，这是她的作品高产的原因所在。她的书名噪一时，市场营销对此起很大的作用。从20世纪40年代末开始，她的新书总会在圣诞节前夕出版，宣传口号通常是“克里斯蒂的圣诞节献礼”。她最爱是雷明顿维克多T型号打字机。她不慎摔断手腕时，曾尝试向助手口述小说内容，让助手进行记录，但她发现这个过程极其困难，因此只能使用录音笔。

她的小说的虚构成分很少。与她联系最紧密的住宅是德文郡的格林韦庄园。这是她1956年创作的“波洛”系列小说《古宅迷踪》中情节发展的关键地点的原型。但格林韦庄园仅仅是她的度假之处，她并不在这里工作。克里斯蒂的外孙马修·普里查德谈到，克里斯蒂曾大声为家人朗读自己的悬疑小说《黑麦奇案》中的章节，并让家人推断谁是凶手，以此来测试读者的阅读效果。

柯莱特（Colette）
从监狱到木筏

法国，贝桑松，楼上的房间；巴黎，公寓

柯莱特晚年很享受在床上写作时的安逸。

大多数作家会将写作室布置得舒适且安逸，这在情理之中。但在相对艰苦的条件下，成功创作大量作品也是完全可能的。比如，萨德侯爵在他于巴士底狱度过的十年监禁生活中完成了两部著作，而奥斯卡·王尔德在雷丁监狱中创作了《自深深处》。

“克罗蒂娜”系列丛书和《吉吉》的作者是西多妮-加布丽埃勒·柯莱特（1873—1954），她更为人熟知的名字是柯莱特。柯莱特发现写作是件很难的事，她自己又习惯拖延，比如会花时间在斗牛犬苏西身上捉跳蚤。她在自己的小说《流浪女伶》中写道：“写作对流浪者而言既是快乐的享受，也是痛苦的折磨。”在他们位于法国贝桑松的乡间别墅里，柯莱特的丈夫亨利·高蒂尔-维拉斯（又名威利）对她写的寥寥几页手稿感到恼火，便拉着她的手，把她扔进楼上的一个房间，从外面锁上门，并警告她：他将在4个小时后回来，希望到时候能看到不一样的结果。

一些评论家对这件事的真实性表示怀疑，他们认为柯莱特至少在一定程度上促成了这次监禁。她在自传体作品《人间天堂》中写道：“监狱确实是最好的工作室之一……我说的是真正的监狱。4个小时的监禁之后，听到钥匙转动锁芯的声音，我重获自由。”

步入晚年后，柯莱特住在巴黎的公寓。由于患有关节炎，她不得不用羊毛毯或厚厚的皮毛毯包裹住自己，然后在双腿上放一张折叠桌，用橘黄色派克多福笔在上面写作。她还用她喜欢的蓝色书写纸制作床头灯的灯罩。她并没有把这个最后的写作地点称为“监狱”，而是将它称为自己的“木筏”。

罗尔德·达尔（Roald Dahl）
通往童年的圣殿

白金汉郡，大米森登，写作棚屋

罗尔德·达尔（1916—1990）一生致力于儿童文学创作。他工作的地方随处可见与童年有关的纪念品，有他自己的，也有他的孩子和孙辈的。他的家位于白金汉郡大米森登，这间砖砌小屋就建在花园的尽头。小屋由达尔的朋友——当地建筑商沃利·桑德斯建造（受沃利·桑德斯的启发，达尔后来创作了《BFG》）。屋里的所有物品，包括上面的灰尘，都于2012年被一并搬入了“罗尔德·达尔纪念馆及故事中心”。小屋内有一把帕克·诺尔牌老式扶手椅，椅子的扶手上搭着一块包着绿色呢子布的木板，达尔就坐在这把椅子上写字。从他坐着的位置到装满老款万宝路烟头的烟灰缸，再到原封未动的废纸篓，屋内目之所及，处处都是生活垃圾。

小屋的布局让人感觉像一个自制的驾驶舱，达尔将这里称为自己的“小巢”。他每天早上都会将自己“塞”进特定的位置。触手可及的地方放着一个装有6支黄色铅笔的罐子，他通常用这种铅笔在黄色的美式拍纸本上写字。屋内还有一个装咖啡的保温壶和一个看起来很危险的加热器，他不用离开座位就能拿到。事实上，小屋里的很多装饰物都承载着达尔对其飞行员职业生涯的回忆，包括一张虎蛾式教练机的照片——这是第二次世界大战期间他在英国皇家空军学习飞行时驾驶的飞机；还有各种他曾驾驶过的飓风式战斗机的模型，以及其他飞机模型，包括一架由格洛斯特公司研制的“角斗士”战斗机模型——这也是他1940年在利比亚沙漠坠机时所驾驶的机型。

达尔那间怪诞乖张的工作室，现在已成为达尔生活工作纪念馆里颇受欢迎的特色之一。

他几乎不允许任何人进入这间小屋，并告诉孩子们禁止入内，因为里面有狼。尽管如此，这里依然是他通往童年的圣殿。达尔曾说：“在那里，我可以完全忘记现实，几分钟之内就能再次回到6到

8岁的童年时光。”

他落座的地方四周都是孩子们的照片。椅子右侧有很多照片和收藏品，达尔用掰开的回形针将它们固定在简易的聚苯乙烯绝缘板上。家人的照片被放在最显眼的地方，其中包括一张他第一任妻子帕特里夏·尼尔及他们的两个女儿奥费利娅和特莎的照片；另一张是他的儿子西奥和女儿奥利维娅的照片（1962年，年仅7岁的奥利维娅因患麻疹并发脑炎不幸离世）；家人的照片旁边点缀着他四岁的外孙女索菲和小女儿露西的画、达尔与小粉丝见面时的照片、几张雷普顿学校的明信片（他曾是雷普顿学校的寄宿生）；一把刻着他名字的旧洗衣刷，那是他在其他学校上学时带回家的。每天早上工作前达尔都要用这把刷子刷掉写字板上的灰尘。其他杂物包括他在法国度假时邂逅的一个年轻女孩写给他的分手信。

椅子旁的餐桌上，放着一张达尔的外孙卢克的4岁生日照片，拍摄地点是达尔位于白金汉郡的吉卜赛别墅；一张达尔抱着索菲的照片；一个澳大利亚小男孩（他的粉丝）送给他的一块蛋白石原石；还有一个松果——能让他回忆起童年在挪威度过的快乐假期。

虽然达尔所有孩子的照片都在这间小屋里拥有一席之地，但关于奥利维娅的影像还是最多的。椅子正对面是一幅奥利维娅的粉笔肖像画，出自艺术家阿梅莉亚·萧·黑斯延斯之手。

虽然达尔所有孩子的照片都在这间小屋里拥有一席之地，但关于奥利维娅的影像还是最多的。椅子正对面是一幅奥利维娅的粉笔肖像画，出自艺术家阿梅莉亚·肖·黑斯廷斯之手。达尔每天工作时都会看到这幅画像。他工作时，身后有一面很大的胶片墙，由56张缩印片组成，上面的奥利维娅笑容灿烂。就连他在阴冷的天气里盖在身上的苏格兰呢毯上，都缝着有奥利维娅名字的布标。

达尔写道：“坐在这里时，我眼里只有正在撰写的书稿，我的心已经悄然远去，与威利·旺卡、詹姆斯、狐狸先生、丹尼，或任何一个我正在构思的人物相伴相随……这间房子本身无足轻重，它远离焦点，是一个编织梦想、让思绪漫无目的地随风摇曳的地方，像子宫一样柔软、安宁、朦胧。”

在“小巢”里，达尔周遭都是他毕生的收藏品。

查尔斯·狄更斯（Charles Dickens）
设计自己的写作室

肯特郡，海厄姆，盖德山庄，写作小木屋；伦敦的多处住宅

从查尔斯·狄更斯（1812—1870）的著作和信件中可以看出他对家的依恋，无论在哪里写作，他对环境都非常挑剔。出国旅行时，他总会随身携带镶有珍珠母的便携式黄檀木写字桌。对他而言，出门在外，有这张桌子的地方才是一个小家。回到英格兰后，他对室内装修产生了浓厚的兴趣，开始着手为自己的每一处住所设计不同风格的写作室和书房，包括肯特郡的盖德山庄、伦敦的塔维斯托克别墅，以及位于伦敦道蒂街的住宅。道蒂街的住宅目前已经成为查尔斯·狄更斯纪念馆，他创作《远大前程》和《埃德温·德鲁德之谜》两本书时所用的书桌长期在这里展出。

狄更斯非常热爱对家中的一切进行设计和装潢，包括工作空间在内，而他的独到创意也往往让人耳目一新。比如，当家里的宠物乌鸦格里普寿终正寝时，狄更斯雇了一位动物标本制作师将它制成标本，并装在一个非常别致的盒子里，挂在写字台上方（这件标本目前在费城免费图书馆的珍本区展出）。他还让自己最喜欢的装订工托马斯·伊尔斯分别在塔维斯托克别墅和盖德山庄安装了几排装有假书脊的书架。这些假书的书名大都颇具幽默感，比如《在中国的五分钟（共3卷）》《喵星人的生活（共9卷）》。还有一些书名更个人化，比如《玛格的变迁》——这曾是《大卫·科波菲尔》一书的暂定名。

最令他心驰神往的写作间是位于盖德山庄的小木屋，那是法国演员查尔斯·费克特送给他的圣诞礼物——一座预制装配式双层瑞士小木屋。

最令他心驰神往的写作间是盖德山庄的小木屋，那是法国演员查尔斯·费克特送给他的圣诞礼物——一座预制装配式双层瑞士

盖德山庄别墅的书房，现在是一所学校。

小木屋。组成这间小木屋的近100个预制构件被分装在58个包装箱内，经由当地火车站运送过来。向来喜欢亲力亲为的狄更斯如获至宝。起初他尝试和一些朋友一起把它组装起来，但以失败告终，部分原因可能是安装说明文字是法文。后来他将伦敦兰心大戏院的舞台木匠请到山庄来才完成了组装。

与大多数写作小屋不同，狄更斯并没有将小木屋建在自家的后花园里，而是建在了一块自己购置的土地上，这块地与他的别墅仅隔一条马路，正对着远处的泰晤士河。他还在小屋里架了一台望远镜用以观察过往的船只。为了直达这间小屋，他专门设计并建造了一个地下通道，以避开路上的车辆和尘土。从1865年起，直到1870年去世，狄更斯一直在小屋顶楼的书房里工作，创作的作品有《双城记》和《我们共同的朋友》。根据狄更斯的要求，房间里还安装了很多面镜子，可能是为了改善小屋的采光，也可能是为了方便他对着镜子演练公开朗诵时的动作和表情。

约翰·福斯特在1872年出版的《狄更斯传》中，引用了一段狄更斯女婿查尔斯·柯林斯对狄更斯办公桌上物品的描述：“一个法国青铜组合式摆件，呈现的是用剑对决的场面，对决双方是两只肥硕的蟾蜍……一尊爱狗人士的小雕像……一个立身而坐的、头上有一片镀金长叶子的兔子摆件,一把他在公开朗诵时经常拿在手里的大裁纸刀，还有一个饰有花叶图案的嫩绿色小杯子，每天上午他通常都会在杯子里插几朵鲜花。”

无论在哪里工作，狄更斯都喜欢用鹅毛笔写字。工作时间从早上9点到下午2点，而且只在纸的其中一面上写作（信件除外），然后散步——他会走很远一段路。最初他喜欢用黑色墨水，但从1843年开始，他开始用干得更快的蓝色墨水在蓝色的纸上写作。

不幸的是，这间写作小木屋现在需要全面的修缮。

艾米莉·狄金森（Emily Dickinson）
拥抱独处时光

马萨诸塞州，阿默斯特，卧室

当诗人艾米莉·狄金森（1830—1886）从家族繁忙的社交活动中逐步抽出身时，卧室俨然已经成为她生活的中心。当狄金森的侄女玛莎来卧室探望她时，她假装用一把看不见的钥匙锁上门，并说："玛蒂（玛莎的昵称），自由开始了。"

独处是狄金森日常写作中的关键要素。她一生大约写了1800首诗，几乎全部是在位于马萨诸塞州阿默斯特的这个卧室里创作的，这里被称为"宅地"，她1830年出生于此，目前已成为狄金森纪念馆。

狄金森的卧室4.5米见方，3米高，屋内通风良好、宽敞明亮，她甚至能够听到下面街道上行人的对话。墙上挂着她最欣赏的三位作家的照片：托马斯·卡莱尔、伊丽莎白·巴雷特·布朗宁和乔治·艾略特。

2013年至2015年间，她的卧室经历了一次重大修整，贴上了有粉色花朵的仿制壁纸，目前房间的布置和当时的状况相差无几。19世纪时，这个房间还没有铺地毯，所以地板上有两处磨损较为严重，分别是狄金森早上起床时落脚的位置，以及从写字台到床头柜的区域。

房间里的深色小木床是狄金森生前使用过的，而小写字台和五斗柜都是按照原件尺寸精心仿制的。玛莎这样形容这个小小的写字台："18英寸（约46厘米）见方，抽屉的深度足以放她的墨水瓶、纸和钢笔。"人们在五斗柜里面发现了狄金森的大量诗稿。如今，连同她的写作椅在内的物品原件均珍藏在哈佛大学艾米莉·狄金森档案馆内。

艾米莉·狄金森纪念馆目前推出一项写作体验服务：可以在这个房间独处2小时。你也有机会亲身感受狄金森在卧室里工作时的氛围。

卧室里的小书桌让狄金森找到了写作的自由。

ABC
DEF

阿瑟·柯南·道尔（Arthur Conan Doyle）
便携式写作“房间”

伦敦，南诺伍德区，书房，便携式书桌

并非所有的书桌都结实而稳固。18世纪以来，板面倾斜、内部可以盛放墨水和纸张的书写箱一直广受欢迎。塞缪尔·约翰逊博士谈到诗人亚历山大·蒲柏时曾说：“他要求书写箱在他起床之前就要被放在他的床上。”剧作家奥利弗·戈德史密斯、拜伦勋爵、简·奥斯汀和勃朗特三姐妹对自己的书写箱有类似的依恋情结。然而，对于《福尔摩斯探案集》的作者来说，一个便携式书写箱显然是不够的。

阿瑟·伊格内修斯·柯南·道尔爵士（1859—1930）喜欢在旅途中写作。1925年，他甚至委托巴黎豪华行李制造商戈雅为他定制了一个不同寻常的写作行李箱。箱子合起来时看上去就是一个做工考究的旅行箱，尺寸和重量都与常规旅行箱别无二致。然而打开后，它就变身为一张配有一个小书架和一台打字机的写字桌，除此之外，还有储物空间。柯南·道尔对这个行李箱非常满意，因为当时他会定期到世界各地巡回演讲，宣传他家喻户晓的虚构侦探小说，谈论他对通灵术的热忱。戈雅也对这个结果感到满意，又制造了6个同款写作行李箱。2019年，古董收藏家兼画廊老板蒂莫西·奥尔顿以9.6万英镑的价格出售了柯南·道尔的行李箱。

“至于我的工作时间，当我专注于写一本书时，我会工作一整天，下午散步或午睡一两个小时。”

在不远行的日子里，柯南·道尔住在位于伦敦南诺伍德区的家中，他在书房里用派克多福钢笔写下了夏洛克·福尔摩斯的后续故事。1924年12月，他在为《海滨》杂志撰写的一篇文章中写道：“至于我的工作时间，当我专注于写一本书时，我会工作一

柯南·道尔的创新型移动办公室。

整天，下午散步或午睡一两个小时。”1894年11月，《闲人》杂志的创始人、作家罗伯特·巴尔代表《麦克卢尔杂志》采访了柯南·道尔，并描述了这间书房别具一格的陈设：

工作台安放在角落里。这是当时英国流行的平面办公桌之一，表面涂了一层清漆，顶部带卷帘拉盖，拥有23项专利。但我们这位英国作家似乎对这张霸气十足的美式办公桌不以为意。书架上大部分书籍都是硬实的历史卷册。房间里最亮眼的部分是柯南·道尔的父亲绘制的一系列水彩画。这些画天马行空、怪诞不经，在艺术风格上类似埃德加·爱伦·坡小说中的意境。墙上挂着几把渔叉，因为道尔曾是一名捕鲸者，他保存着一个北极熊的头骨和一个冰岛隼类的标本，这表明他射猎相当精准。

在柯南·道尔的母校——兰开夏郡的斯托尼赫斯特中学，人们可以看到柯南·道尔早年使用过的一张书桌，他曾在上面刻下了自己的名字。目前这张旧书桌已经成为学校博物馆里的珍品之一。

A. Doyle
£96,000

伊恩·弗莱明（Ian Fleming）
工作假期的单调日程

牙买加，奥拉卡贝萨，书房

在牙买加的写作室，弗莱明发现周边的景色竟然如此撩人心弦。

小说家斯蒂芬·金在《写作这回事》一书中说，童话作家的缪斯女神不会平白无故地降临，“你必须躬身力行，笃行不怠。”故而詹姆斯·邦德的创作者伊恩·弗莱明（1908—1964）选择去牙买加“搬砖”。

更确切地说，弗莱明位于奥拉卡贝萨（剧作家兼作曲家诺埃尔·科沃德的故居“萤火虫庄园”也在这里）的平层度假别墅“黄金眼”为他的创作带来了灵感。1946年，弗莱明购置了这处房产，它带有私人海滩，海滩上礁石林立，弗莱明并于1952年到这里度假。从1月到3月的短短两个月，他已经创作出了邦德的新一轮冒险旅程。弗莱明坦承，如果没有“牙买加世外桃源般的度假生活”，恐怕很难写出这些书。

弗莱明买下“黄金眼”时，它只是一栋结构简单的普通建筑（科沃德说它看起来像一家诊所），屋子里有一张同样普通的转角桌和一把带辐条状靠背的木质圈椅，弗莱明就坐在这里工作。他身旁放着几本关于当地动植物的参考书，其中一本是鸟类学家詹姆斯·邦德撰写的《西印度群岛野生鸟类指南》。弗莱明每天早上7点30分左右起床去游泳（不穿泳裤），然后在花园里享用早餐。早餐通常是他最喜欢的炒蛋和蓝山咖啡。上午9点左右，他走进书房，这里的窗户没有安装玻璃，他合上百叶窗帘，以确保屋内足够凉爽，且写作时不会因窗外的美景而分心。

弗莱明使用帝国牌打字机。他曾说，用六个手指打字远比手写更轻松。他每天从上午9点工作到中午12点，大约写2000单词，然后去吃午饭，睡午觉，并在下午五六点钟回来继续工作，书稿基本上没有什么改动。写好的稿子会被妥善地存放在桌子下方左侧的抽屉

ROYAL

形形色色的打字机

19世纪末，打字机的发展对作家们的工作产生了深远的影响。马克·吐温称打字机为“最时髦的书写机器”，而他是第一个将打字稿寄给出版商的作家，这本书就是他的回忆录——《密西西比河上的生活》（实际上书稿是由他的秘书伊莎贝尔·莱昂打出来的）。起初，他很喜欢用雷明顿打字机，因为它速度快、易用性强、墨水斑点少；但他最终还是放弃了这款打字机，因为它“操控性差，瑕疵不断——这两点都是致命的缺陷”；而且它价格不菲，1871年时每台的销售价格为125美元。

尽管如此，20世纪的很多作家都对他们的打字机怀有深厚的感情。编剧拉里·麦克默特里2006年凭借《断背山》斩获金球奖后，在演讲时感谢了他的爱马仕3000型打字机：“这无疑是欧洲的天才们使用的最高贵的乐器之一。”当丹尼尔·斯蒂尔（参见第139页）2015年发现自己从少年时期就开始使用的打字纸已经停产时，她在推特上发了一条伤感的推文：“失去了一个老朋友……我和我的旧打字机都很难过！”

打字机与作家之间的紧密联系让它们对作家有强烈的吸引力。亨利·詹姆斯发现，敲击键盘时悦耳的咔嗒声极具启发性；安东尼·伯吉斯则喜欢享受打字时的激情澎湃（他指出，打字声表明你确实在工作，而非在做白日梦）；安东尼·伯吉斯和威尔·塞尔夫都认为，使用打字机能够促使人们在写下文字之前字斟句酌，从而提升工作质量。史密斯卡罗纳打字机公司的老板T.S.艾略特对此也表示认同：“打字机有利于清晰表达，但我不确定它是否支持细微差别。”当然，它们看起来也非常高端雅致。旅行作家简·莫里斯偏爱埃托雷·索特萨斯和佩里·金设计的亮红色的奥利维蒂牌瓦伦丁打字机。

它们也可能价值不菲。1963年，科马克·麦卡锡以50美元的价格购买了一台奥利维蒂牌莱特拉32型浅蓝色打字机，并用它创作了三本书：《路》《老无所依》和《天下骏马》。他估计自己用这台打字机总共写出了大约500万字。在2009年佳士得举办的慈善拍卖会上，这台打字机的成交价格高达25.4万美元。作为奥利维蒂牌打字机的忠实消费者，麦卡锡又购买了一台相同品牌的打字机——只花了11美元。

里。他每天都遵循着这种高效而严谨的写作日程，并引以为傲。当他结束此次短暂的驻留时，已然完成了一部新小说。在写完第一部邦德小说《皇家赌场》（事实上只用了1个月的时间）后，他奖励了自己一台非常酷的镀金打字机——由纽约皇家打字机公司生产的皇家豪华便携式静音打字机，价值174美元，他用这台打字机修订了《皇家赌场》，并写出了邦德后续的冒险历程。他选择双倍行距，用比A4纸稍大的纸张打字，工作时基本上烟不离手，抽的是从伦敦格罗夫纳广场莫兰德烟草店定制的香烟。

对于那些买不起类似的居所的作家，弗莱明曾写了一篇名为《如何创作谍战小说》的文章给予建议，那篇文章登在《图书与读书人》杂志（现已停刊）1963年5月刊上。他是这样写的："我可以推荐一些尽可能远离你日常生活的酒店。当你身处异乡，名不见经传，生活单调、远离朋友、远离你感兴趣的事物时，这种'真空'环境会迫使你进入写作状态。或者如果你囊中羞涩，那么你也不得不全力以赴，快速写作。"

托马斯·哈代（Thomas Hardy）
观景卧室

多塞特郡，上博克汉普顿，卧室

有时对作家来说，最重要的不是房间本身，而是从房间里向外看到的景色。极少有作家能像托马斯·哈代（1840—1928）那样密切地关注周遭的环境。他的小说和诗歌反映了他对大自然毕生的热爱。威塞克斯如同一面镜子，直接反映了他的个人经历，也是他作品中永恒不变的特色之一。他有很多笔记本，类似于画家的速写本，上面详细记录了天气、日落和大自然的声音，这些内容都是他的灵感来源。

哈代出生在多塞特郡多切斯特附近的上博克汉普顿村的一座农舍里，并在这里长大。这座小屋位于索恩库姆林地中混合林及荒原地带的北部边缘，这里为“黑荒原”提供了场景，也是哈代的小说《还乡》和《卡斯特桥市长》中虚构的“埃顿荒原”的灵感来源。哈代在这所茅屋一直居住到三十四岁，并在茅屋的卧室里写出了《远离尘嚣》和《绿荫下》。他在《绿荫下》中首次介绍了威塞克斯的风景。

哈代这样的卧室并不多见。早年他曾与比他小很多的弟弟亨利共用这间卧室。他坐在靠窗的小木桌旁写作，透过窗户可以看到周围的乡村美景。他16岁时创作的诗歌《住所》中，第一段就描述了这座小屋。这首诗同时表明，他在少年时期就立志将自然作为写作的重心。在《绿荫下》这本书中，他在描述中将这座小屋稍加修饰，就把它变成了流动商贩或运输人员的家：“这是一座呈长条状的低矮农舍，坡形茅草屋顶，一排天窗嵌在屋檐下。屋脊上的三根烟囱，一根矗立于屋脊中部，另外两根分别矗立在屋脊两端。”哈代写这本书时所居住的卧室就在其中一扇天窗后面。

哈代这样形容他的农舍：“它正面朝西，背面和两侧拥簇着高大的山毛榉。繁茂低垂的枝条犹如面纱，将小屋掩映在丛林之中。”

欧内斯特·海明威（Ernest Hemingway）
用来站着的卧室

古巴，哈瓦那，卧室

尽管一些评论家认为，在过去的十年中，人们对站立式办公桌的需求在不断增长，这表明了人们对某种健康时尚的短期追捧。但事实是，有很多作家都更喜欢站着工作。欧内斯特·海明威（1899—1961）是最热衷于站着工作的作家之一。对他而言，站立是一种习惯，这种习惯甚至在1954年之前就已经养成，那年他先后经历了两次坠机事故，伤情让他无法久坐。

在古巴的瞭望山庄，海明威的妻子玛丽专门为他建造了一栋四层的塔楼作为生日礼物，但他更喜欢在卧室里写作，因为那里离住宅区里的喧闹声更近。他在靠墙的书架上工作，将打字机放在齐胸高的书架中间，两侧是成堆的书和纸张，手边放着单词统计表。海明威总是一丝不苟地完成每天500单词左右的固定写作量——写《太阳照常升起》时是个例外，他将写作量提升到了2000单词左右。

屋内的装潢具有典型的海明威风格。墙上挂着一件瞪羚头标本，用于纪念海明威某次成功的狩猎活动，衣柜顶部搭着一张豹皮。

屋内的装潢具有典型的海明威风格：墙上挂着一件瞪羚头部标本，用于纪念海明威某次成功的狩猎活动，衣柜顶部搭着一张豹皮。当然，房间里还有几个书架，上面堆满了各种各样的杂物，包括一只木珠制成的长颈鹿、一个拿着钹的猴子的摆件，以及一架锡制美国海军双翼飞机模型。他确实也有一张办公桌，但正如传记作家阿伦·霍奇纳在《“爸爸”海明威：个人回忆录》中所写的那样，他从未使用过这张桌子。霍奇纳列出了海明威桌子上的物品：

用狩猎大型动物时捕获的战利品装点卧室是海明威的一贯特色。

WAR CORRESPONDENT
US
AMERICAN RED CROSS
GASTIGHT
GASTIGHT
WATER RESISTING
CARTRIDGE
5

· 用橡皮筋扎在一起的几叠信件，几捆斗牛杂志和旧报纸的剪报
· 一小袋食肉动物的牙齿
· 两个未上发条的时钟
· 鞋拔子
· 一个玛瑙笔托，上面有一支没灌墨水的钢笔
· 斑马、野猪、犀牛和狮子等造型的木雕，它们被摆成一排
· 狮子毛绒玩具
· 各种旅行纪念品
· 猎枪的子弹

海明威很早就来这里工作，通常是从黎明（早上6点30分左右）开始，有时会带着他的宠物，包括史宾格猎犬“黑仔”。他曾说：“没有人会打扰你。刚来的时候可能会感觉有点凉或有点冷，写着写着就暖和了。”海明威习惯穿平底便鞋站在羚羊皮制成的地毯上写作，通常在12点左右下班，此时他会感到“大脑空空如也”，但已经规划好明天要写的内容——他曾说等到第二天才开始写作简直就是一种煎熬。下班后海明威会去散步或者去自家的泳池里游泳，可能会喝点酒。尽管他酒量惊人，但写作时从不喝酒。他星期天通常不会写作，认为这样做会招致厄运。

海明威的“书架桌”上放着一块阅读板，上面铺着薄薄的半透明纸张。他先用铅笔将文字写在纸上，并认为“能把削好的7支2号铅笔笔尖磨平意味着这一天的工作很有收获”。如果写作进展顺利——尤其是在写人物对白时，他会改用打字机。海明威一生中使用过各式各样的打字机，包括几台科罗娜打字机、一台安德伍德牌便携式静音打字机和一台皇家豪华便携式静音打字机（参见伊恩·弗莱明，第58页）。他在瞭望山庄创作了多部作品，包括《丧钟为谁而鸣》《流动的盛宴》和《老人与海》等。

维克多·雨果（Victor Hugo）
遥望法兰西

根西岛，圣彼得港，天台写作室

在对抗拿破仑三世的政治斗争失败后，法国作家维克多·雨果（1802—1885）流亡海外，于1855年抵达根西岛。他在第一时间买下了“高城居”——一座位于圣彼得港高城街38号的白色豪华大别墅，并严格按照自己的要求对它进行了改造。大多数房间的装潢都是华丽的哥特式风格。1861年，他在别墅顶楼增建了一间写作室——“瞭望台”，并在那里创作了脍炙人口的《悲惨世界》和《海上劳工》。

“瞭望台”看起来就像原本应该建在后花园的暖房或温室被搬到了别墅顶部：玻璃屋顶，三面墙都安装着宽大的玻璃窗。雨果增加了几面镜子来增强采光，而且这样一来所有的墙上都可以映射出大海的美景。屋子约6米长、3米宽，雨果称之为“水晶室”，灵感来源于伦敦为主办1851年第一届世界博览会而建造的“水晶宫”。1862年，“水晶室”还没有完工，他就迫不及待地搬进去，开始了自己的文学创作。

在接下来的15年流亡生涯中，雨果在窗边的站立式办公桌上写作，面朝大海，鸟瞰整个小镇、赫姆岛和萨克岛，在晴朗的日子里还可以遥望故土法国。他曾在一首诗中描述，自己在写作之余，看着窗外展翅翱翔的海鸥、络绎不绝的船只和潮起潮落的海水，陷入了沉思。

雨果在给朋友、法国记者奥古斯特·瓦克里的一封信中写道：“天空和大海为房间增添了韵味……只要视野足够开阔，任何一个光线暗淡的角落都适合做白日梦。”

写作室的墙壁和别墅的其他房间一样，都贴着有蓝白花纹的代尔夫特蓝陶瓷砖。室内陈设虽然不算豪华，却也足以让人感觉舒

雨果的瞭望台：夏季酷热难耐，冬季冷如冰窖。

坦。房间里摆放了一张三层沙发，用于晾晒刚写完的书稿上的墨迹。地板上的圆形玻璃可以让光线透射到下一层楼。

房间里虽然安装了一个路易十五风格的壁炉，但对采暖的帮助聊胜于无。在肯迪花园举办的雨果雕像落成仪式上，雨果的儿子乔治斯曾这样描述瞭望台：“夏天酷热难耐，油漆剥落，镜子里的水银在高温下熔化，滚烫如火……如果说这些玻璃无法阻挡夏季的炎炎烈日，那么到了冬季这里就变得冷如冰窖。尽管如此，他还是不穿大衣、不戴帽子，一如既往地神情安详、从容不迫，从未中断过写作。风从敞开的窗户灌进来，犹如飓风般来势汹汹。”

上午11点，由于工作时激情高涨，且冬季暖房里有取暖炉，因此雨果挥汗如雨，于是他索性脱光了衣服，用冷水擦洗身体。

雨果整个上午都会在这里写作。他曾写道：“一个作家如果能在黎明前起床，12点结束一天的工作，他就很了不起。”他告诉来高城采访他的法国记者保罗·斯特普菲尔，他早上吃两个生鸡蛋和一杯冷咖啡后就开始工作。当然，这种写作日程并不总是一帆风顺的，主要原因可能正如斯特普菲尔所说：“混乱和无序掌控着这个位于顶楼的房间。”

斯特普菲尔在介绍雨果的日常工作时还插入了一则趣闻：

上午11点，由于工作时激情高涨，且冬季暖房里有取暖炉，因此雨果大汗淋漓，于是他索性脱光了衣服，用冷水擦洗身体。这些冷水已经在外面放置了一整晚。此时经过高城街的人如果抬头看到他的这座玻璃笼子，就会看到一个白色“幽灵”。而戴着马鬃手套的他那矫健有力的擦洗动作，则是这一系列精心规划的写作习惯的第二个鲜明特点，也是其中的关键性的元素。

下午，雨果会在岛上散步，看望他的情人朱丽叶·德鲁埃。

“写出你想表达的内容，这一点至关重要；至于这种重要性可以持续几年还是几小时，无人能有定论。”

——弗吉尼亚·伍尔夫

“我必须保持自己的风格，走自己的路，尽管这样做可能永远不会再次成功，但我坚信，如果走其他的路，我一定会彻底失败。”

——简 · 奥斯汀

塞缪尔·约翰逊（Samuel Johnson）
居高临下的灵感

伦敦，阁楼

人们对作家的房间最常见的刻板印象，或许是一个神情紧张、身无分文的年轻男士或女士，在一间狭小的阁楼里奋笔疾书。这样的"阁楼工作者"中，最知名的非塞缪尔·约翰逊（1709—1784）莫属。他于18世纪40年代末租下了伦敦高夫街17号联排别墅顶层的房间（自1913年开始成为约翰逊博士纪念馆），他在那里编纂了享誉英国海内外的《约翰逊英语词典》，并于1755年出版。

和所有的阁楼一样，这个位于别墅顶层的房间内陈设极其简单，而且是这栋别墅里唯一没有装饰墙板的房间，只有简单的石膏墙面，连装饰条都没有。沿着一个盘旋式楼梯可以到达这里，低矮的天花板覆盖了整个顶楼，形成了一个没有任何隔断的大开间。迄今为止，房间的布局基本没有改变。这个房间目前用于举办展览、演讲活动和研讨会。也正是在这里，约翰逊带领6名助理共同完成了《约翰逊英语词典》的编纂工作。

与约翰逊齐名的传记作家詹姆斯·博斯韦尔这样写道："为了编写词典，他把楼上的一个房间布置得像会计室，并为每一位助理分配任务。"屋子里放着几张高高的助理办公桌，还有几组书架靠墙而立。约翰逊本人睡眠质量很差，部分原因是他受多种疾病的困扰，所以他上午起床的时间通常比较晚。

约翰逊在自己出版的杂志《漫游者》上发表了几篇关于阁楼的文章。其中，在1751年的一篇娱乐性文章《住阁楼的好处》中，他指出，将阁楼作为写作室之所以广受欢迎，并不是因为它价格便宜、远离访客（"他们喋喋不休地谈论啤酒、亚麻布或外套"）、相对安静或景色宜人，而是因为"自古以来，文学大师们通常居住在目力所及的最高层"。比如，他提到希腊神话中的几位司掌文学

约翰逊认为，在阁楼上一定可以创作出优秀的文学作品，这种说法不过是异想天开。

艺术的缪斯女神都住在奥林匹斯山的山顶。约翰逊认为，占据了这种高高在上的有利地势之后，“智者乐于俯视他脚下的云谲波诡、混乱无序的状态”。

但他认为居高临下的位置本身并不能创造奇迹：“有人说阁楼能使每个人都成为智者，我向来不认同这种说法。我知道有些人即使站在安第斯山脉最高峰或者特内里费山巅之上，仍然愚蠢透顶。”

词典出版后，约翰逊一直保留着这间阁楼。只是这里不再是和他人共事的工作室，而是成了他的私人书房，即便是他心爱的妻子，也未曾进入过这个房间。当时著名的音乐理论家查尔斯·勃尔尼博士（小说家范妮·勃尔尼的父亲）是有幸进入书房的访客之一，他记录了这次拜访的经历：晚餐后，约翰逊向勃尔尼先生提议同去他的阁楼，勃尔尼欣然同意。在约翰逊的阁楼上，勃尔尼发现了五六本希腊语的对开本的书、一张松木写字台和一把很好的椅子。约翰逊让勃尔尼坐那把椅子，自己则坐在另一把只有三条腿和一个扶手的椅子上。博斯韦尔似乎也很喜欢这间书房。他在书中写道：“这个地方非常适合清修与冥想。约翰逊告诉我，当他想学习的时候就会来这里，并且不会跟仆人打招呼，以免被打扰。”1832年，作家兼哲学家托马斯·卡莱尔也曾登上这间阁楼，他称这里为“干草棚”。

“有人说阁楼能使每个人都成为智者，我向来非常不认同这种说法。我知道有些人即使站在安第斯山脉最高峰或者特内里费山巅之上，仍然愚蠢透顶。”

WILDLIFE
FRANZ HALS

朱迪丝·克尔（Judith Kerr）
宠物和亲人的启发

伦敦，阁楼

作家兼插画家朱迪丝·克尔（1923—2019）在伦敦巴恩斯的一栋三层的维多利亚式联排屋里工作了50多年。她的工作室在爬两段楼梯才能到的阁楼上，她坚持爬楼梯，一直到90多岁。克尔的住所、家人和宠物为她提供了源源不断的灵感：“小猫莫格”系列丛书中的家庭和人物原型来自她的家人和宠物；《老虎来喝下午茶》中的橱柜则与她家的橱柜一模一样。

阁楼工作室有两个优点。首先，由于人们来这里颇费周折，因而朱迪丝·克尔在工作时不容易被打扰。另外，同样重要的一点是，她的工作室与丈夫奈杰尔·尼尔的工作室仅一墙之隔。奈杰尔·尼尔是科幻电视连续剧《夸特玛斯实验》的编剧，每当遇到问题时，二人会寻求彼此的支持，并且一起吃午餐。尼尔去世后，他的打字机仍然原封不动地放在书房的桌子上。

克尔用白色涂料粉刷墙壁，搭配白色家具、白色窗框，这让她的房间显得简洁明亮。房间里有一个装满艺术类书籍的大书架、一顶儿子送给她的草帽，以及一张书籍推广海报。海报上，德国演员马丁·黑尔德正在阅读克尔和她父亲（一位作家）的书。她在整个职业生涯中都使用同一张画板。屋子里还有一张克尔20多岁时花5英镑购买的书桌，表面已用富美家板重新装饰过，之后一直被精心保存。她的座位旁边放着很多软铅笔和几十支彩色蜡笔，根据颜色分装在不同的罐子里，还有几瓶温莎牛顿牌墨水。桌子上还有一面小镜子，用来帮助她画人物的手。她曾形容爬上楼梯、走进这个房间的感觉“简直像回到了家里”。

克尔先后养过几只猫。第一只猫莫格在她工作的时候常常坐在她的大腿上摆弄她的刷子，而她的最后一只猫凯廷卡则习惯在她起身时坐上她的工作椅。

克尔说，走进她的写作室总有一种回到家的感觉。

斯蒂芬·金（Stephen King）
选择尺寸合适的办公桌

缅因州，班戈，阁楼

写作习惯并非一成不变，如果某种习惯不能帮你达到目的，可以也应该进行调整。加拿大小说家斯蒂芬·金（1947—）以《魔女卡丽》《宠物公墓》和《闪灵》等小说闻名遐迩，他对自己的办公桌、听音乐的习惯甚至写作工具都作出过重大调整。

金的目标是每天在三四个小时内写出大约6页书稿或2000单词。他每天的工作是从一杯茶开始的，然后从上午8点左右一直工作到下午1点30分左右（除非他的写作速度特别快）。尽管现在金主要使用笔记本电脑写作，也用过奥利维蒂牌和安德伍德牌打字机，但他时常会手写书稿。他说，从积极方面来说，手写的方式让他在初稿阶段有了更多思考和润色的时间；从消极方面来说，手写的速度要慢得多。每天完成既定的写作任务之后，他会利用剩下的时间陪伴家人、阅读或者做其他家务事。

金的工作习惯非常有规律，每天坐在同一个座位上，把书稿放在同一个地方。他说按部就班的工作习惯有助于让他将注意力集中在手头的事物上。他坚持认为，作家在每个写作时段都应该有明确的目标，无论字数多少。他认为以下几点非常重要：一，一个尽可能少受干扰的工作空间；二，一扇可以关上的门，防止他人进入；三，声明你正在"避难所"工作，不应该受到打扰。金希望创造一个有助于实现"创造性睡眠"的环境：将重复性元素作为一种惯例，为写作做好铺垫，这与养成良好的睡眠习惯有利于快速入眠有异曲同工之效。

金将自己成功的关键因素之一归功于对办公桌的选择。年轻时雄心万丈的金，曾渴望拥有一张巨大的办公桌，这与在卧室里用有下拉式半月形隔板的书桌创作《小妇人》的路易莎·梅·奥尔科特

金发现，在小一点的办公桌上工作更加得心应手。

lettera 32

WANG

形成了鲜明的对比。小说一夜成名后，金终于在1981年为家里添置了一张大型办公桌。但在随后的几年里，他发现这张桌子对他的创作百无一用（那段时间他还因滥用精神药物而使生活陷入了混沌，可见药物对创作同样毫无作用）。

戒掉酒瘾和成瘾性精神药物之后，他立即扔掉了那张大桌子，把写作室布置得更加舒适温馨。他不再把桌子作为屋内摆设的重点，而是将一张新的、比原先小得多的手工制办公桌放在房间里一个不起眼的角落——屋檐之下、远离窗户的地方。随后，他铺设了地毯，购置了沙发和电视，将房间布置得更加吸引孩子们，并鼓励他们来这里和他一起观看电影或体育节目。正如他在一本关于写作艺术的书中所说：“生活不是艺术的支持系统，它们之间的关系恰恰相反。”

> **他的工作非常规律，每天坐在同一个座位上，把书稿放在同一个地方。他说按部就班的工作习惯有助于将注意力集中在手头的事物上。**

他对音乐的看法也发生了转变。年轻的时候，他常常一边写作一边听音乐，部分原因是为了鼓励自己保持写作的节奏。但现在，他只在每个写作时段即将结束，复盘当天上午的工作时，才会听音乐。

鲁德亚德·吉卜林（Rudyard Kipling）
选用对的墨水

佛蒙特州，达默斯顿，书房；东萨塞克斯，伯沃什，书房，

《吉姆》、“莫格里”和“要做国王的人”的创造者鲁德亚德·吉卜林（1892—1936）对于写作室的品位相当传统。吉卜林在美国佛蒙特州建了一栋别墅，名为“诺拉卡”（Naulakha，意为“无价之宝”），他的书房内有一张坚固的写字台和一把结实的座椅，写字台旁边的书架上塞满了书。他在写字台上刻着“为了你我奔波劳累，身心疲惫”，引自亨利·华兹华斯·朗费罗的诗，引用有点小错。书房里还有一个砖砌的壁炉，上面刻着 “黑夜降临之时，人不能再做工”，引自《约翰福音》。因为他朋友众多，妻子特意将他的办公室安排在自己办公室（后来被称为“龙室”）的旁边，这样就可以帮他谢绝那些不期而至的访客。

在他位于东萨塞克斯郡贝特曼庄园的家里，有一间安装了护墙板的书房，他在那里创作了《原来如此》。这里的陈设和诺拉卡别墅的书房一样简单。他上午工作，在印度地毯上踱步寻找灵感。椅子腿稍稍有些短，所以他在下面垫了些木块，这样坐上去就可以舒适地够到那张17世纪的胡桃木写字台了。那张长约3米的写字台安放在窗户旁边，吉卜林在自传《我自己的东西》中列出了上面摆放的物品：

· 一个独木舟形状的亮漆笔托，装满了旧钢笔和画笔

· 一个装回形针和橡皮筋的木盒

· 一个装大头针的锡盒

· 一个装着砂纸和小螺丝刀等杂物的盒子

· 一方镇纸，很可能是沃伦·黑斯廷斯(曾任英国驻印度总督)的遗物。沃伦·黑斯廷斯任职期间巩固了英国对印度的初期统治

· 一把长尺

· 用于清洁钢笔的擦笔器

吉卜林喜欢用最黑的墨水写字。

写字台旁边还有两个大地球仪。

下午，他通常在附近的乡村散步，以捕获灵感，然后回到书房的坐卧两用沙发上看书、抽烟。这是他“漫无目的、静待时机、顺其自然”地写作以及“孕育灵感”的一种方式——不能一味地刻意思考要写的内容，而是给他所谓的“精灵”或“司掌写作的缪斯女神”时间来思考问题。在书房里，他的妻子卡丽再次为他把关，将前来拜谒的各类人士拒之门外。或者正如作家P.G.沃德豪斯所描述的那样，“坚决切断他与外界的联系”。

吉卜林最看重的是墨水，因为他对打字机不感兴趣（他曾抱怨：“这种可怕的东西根本不会拼写”）。吉卜林要求使用最黑的墨水，对此他的理由是——他的“精灵”对蓝黑色墨水深恶痛绝。此外，他也不喜欢普通的瓶装墨水。他说，理想情况下，“我会雇一个小男孩给我研磨印度墨汁”。这是一种由胶水、骨头、焦油、烟灰和沥青混合而成的印度墨棒，需要捣碎，用刷子将其与水混匀，制成可用于书写的墨汁。

事实上，吉卜林的很多工作日程都与写作材料相关。他在印度居住时，偏爱一枚韦弗利牌蘸水笔尖，并为它配了一个八角形玛瑙笔杆。这支笔被他用坏之后，他又尝试了很多钢笔，但他都不满意——他说那些钢笔是“间歇式出水笔”，并说他“尝试过玻璃内胆的泵式墨水笔，但这些笔的内胆让人无法忍受”。他的一名女佣专门负责保持他桌面的整洁，每天为他准备充足的纸张和墨水。

吉卜林并不是洁癖最严重的作家，据说他习惯将钢笔快速浸入墨水瓶深处，因而导致墨水洒得到处都是。一位朋友曾调侃他身上沾满墨点的样子“像一只斑点狗”，尤其是当天气炎热、他穿一套白色衣服的时候。

墨水

几个世纪以来，墨水一直是作家们依赖的伙伴，但重点是使用什么颜色的墨水。《米德尔马契》的作者乔治·艾略特在1856年出版的散文《女作家写的蠢故事》中辛辣地讽刺道：“很显然，她们在雍容华贵的闺房中用紫罗兰色墨水和红宝石笔写作。”

尽管英国陆军情报六局的负责人通常会用绿色墨水签名，但绿色墨水实难以获得作家们的青睐。对某几位作家来说，与其必须选择一种颜色，不如采用变通之法。比如，昆汀·塔伦蒂诺用红色和黑色毡尖笔写电影剧本；小说家阿摩司·奥兹则用蓝色墨水写小说，用黑色墨水写非虚构作品。

作家尼尔·盖曼通常用钢笔写初稿。他常常使用至少两支不同颜色的笔，包括棕色的。每天写作结束时，这两种颜色可以让他简单快捷地计算出当天完成的工作量。

美国作家威廉·福克纳甚至想用不同颜色的墨水印刷他1929年的小说《喧哗与骚动》，以帮助读者应对复杂的时间跳跃，遗憾的是当时还没有相应的技术。以下是艾萨克·牛顿关于“制作优质墨水”的建议。

取1/2磅（约230克）橡树虫瘿切碎或捣碎，将1/4磅（约115克）阿拉伯树胶切碎或碾碎，然后把它们放入一夸脱（约950毫升）高浓度啤酒或麦芽酒里静置一个月，时常搅拌。将近一个月时，加入1倍或1.5倍的硫酸亚铁（硫酸亚铁过多墨水颜色容易变黄）搅拌均匀后使用。在一张纸上扎一些小孔，用它封住容器，将容器在阳光下静置一段时间。在如此制作的墨水中加入适量的高浓度啤酒，可以让墨水保存很多年；水容易使它发霉，而酒则不然。如果容器处于非密封状态，那么墨水接触空气后也容易发霉。

D. H. 劳伦斯（D. H. Lawrence）没有围墙的写作室

新墨西哥州，陶斯县，树林

书桌旁的守护天使和窗外美不胜收的景致，对作家而言都是可遇而不可求的。尽管他赤身裸体爬桑树的故事可能只是好事之人杜撰的，但无论身处世界的哪个角落，D.H.劳伦斯（1885—1930）在树旁或树下写作（关于树的作品）时总能找到特别的安慰和灵感。他对新墨西哥州陶斯县基奥瓦牧场（现已成为D.H.劳伦斯牧场）的树林最为痴迷。这里海拔约2600米，毗邻洛博山脉，方圆65万平方米的乡野之地让人感觉宁静安详。劳伦斯住在一座简陋的小木屋内，在妻子弗丽达和多位朋友（最著名的是画家和社交名媛多萝西·布雷特）的陪伴下，他创作了《羽蛇》《烈马圣莫尔》和《骑马出走的女人》。他的家门外，一棵西黄松参天而立，他称之为“守护天使”。树下放着一张平淡无奇的长椅，整个上午他都会坐在长椅上专心写作。1929年，乔治亚·欧姬芙在牧场逗留了数周，也曾在这张长椅上工作，她还特意画了一幅《劳伦斯树》，正是这幅画让这棵树有机会名扬后世。

他的家门外，一棵西黄松参天而立，他称之为“守护天使”。树下放着一张平淡无奇的长椅，整个上午他都会坐在长椅上专心写作。

布雷特在《劳伦斯和布雷特的友谊》一书中描述了她在牧场度过的美好时光，以及劳伦斯以树为屋的工作日常。“那个静谧的清晨，你腋下夹着字帖和钢笔，走进树林，身形若隐若现。你坐在树林里，背倚松树树干，身穿蓝色衬衫，白色灯芯绒裤，头戴一顶硕大的尖顶草帽”。她还回忆找他吃午饭时，发现他“正斜靠在一棵树上，思绪已经飘远，沉醉在自己描绘的意境中”。

劳伦斯说：“我每天上午都会独自去树林里写作。”

劳伦斯住在位于德国巴登-巴登的黑森林时，也喜欢去附近的树林里写作。1921年6月，他在给画家简·朱塔的一封信中写道："我每天上午都会独自去树林里写作。我发现树林可以带给人意想不到的启发。这些树就像有生命的伙伴。它们看起来神秘而充满活力，散发着一种与人类截然相反的气质——或者是非人类的气质。尤其是冷杉。"

在户外写作期间，劳伦斯创作了小说《亚伦神杖》等作品。"我死后，我的灵魂将在为数不多的地方停留，这里就是其中之一……我的生命里不能没有这些树。离开了他们，我的灵魂就不再完整"。他把那些树写进了小说，描写它们在风中摇曳时似乎在窃窃私语的样子。

劳伦斯最负盛名的作品《查泰莱夫人的情人》，就是在一棵巨大的伞形松树下完成的，那棵树生长在米伦达别墅附近的树林里。米伦达别墅又名大柏树别墅，位于意大利斯坎迪奇，离佛罗伦萨不远。弗丽达在《第一夫人查泰莱》（《查泰莱夫人的情人》的曾用书名，劳伦斯曾两次更改书名）一书的序言中写道：

他必须沿着橄榄树林旁边的小路走一会儿才能到达那颗伞松。小路两旁是花团锦簇的百里香、薄荷，还有紫色的银莲花、野生的唐菖蒲、成片的紫罗兰和香桃木灌木，看着像一块块鲜艳的地毯。几头白色的公牛正在安静地犁地。他会坐在那里，身体除了快速地写字外几乎一动不动。他过于专注，以至于蜥蜴会从他身上爬过，鸟儿会在他身旁雀跃。

劳伦斯上午的大部分时间都在写作。午饭后，他会给弗丽达朗读他新写的内容。

阿斯特丽德·林格伦（Astrid Lindgren）
个性化的写作语言

斯德哥尔摩，书房

阿斯特丽德·林格伦（1907—2002）创作了很多儿童文学作品，是世界上作品被翻译得最多的作家之一，她所著的“长袜子皮皮”系列丛书享誉全球。

从1941年开始，林格伦一直居住在斯德哥尔摩的一间公寓里，这间公寓目前已经对公众开放。这里最具特色的地方是她的书房：书架上各种书籍琳琅满目，墙上贴满了照片，还有一张极其普通的书桌，透过书桌上方的窗户，可以将瓦萨帕肯公园的美景尽收眼底。她去世后这里基本上保持了原样，因而这里更像家而不是一座应有尽有的纪念馆。

林格伦的写作日程同样简单明了。她上午写作，并且更喜欢在自己的小床上工作。她通常先用铅笔在记事本上手写书稿，每写完一章就用书房办公桌上的法西特牌培瓦特打字机将书稿打出来。她的写作速度很快。她曾说，在下笔之前就感觉这本书已经创作完成，只需要把它打出来就可以了。享用了清淡的午餐之后，她下午会前往“拉本和舍格伦”出版社工作，她曾是那里的儿童图书编辑。

但林格伦写书的方式却没有这么简单。在《长袜子皮皮》让她一举成名之前，她曾接受过秘书培训。在写故事时，她会使用梅林法（一种基于德国加贝尔斯贝格速记法形式的瑞典主流速记法）在笔记本上写出故事的梗概。林格伦是一位多产的作家，也是有史以来向瑞典国家档案馆捐赠文学资料最多的人。陈列这些资料的展示架总长度约140米。资料中包括大约670个速记本，是世界上最大的速记作品集之一。多年来，这些速记本一直被认为是不可破译的，但目前相关部门正在借助数字文本识别技术对其进行解码。

在林格伦的家乡维默比，一尊铜像生动再现了她坐在书房里使用打字机写作时的情景。参观者可以坐在对面的空座位上。

杰克·伦敦（Jack London）
对写作室外的向往

加利福尼亚州，格伦埃伦，门廊/书房

杰克·伦敦（1876—1916）是一位多产的美国作家，一生笔耕不辍，其代表作有以动物为主角的小说《野性的呼唤》和《白牙》。他英年早逝，一生跌宕起伏。“淘金热”期间他曾在克朗代克生活，做过“牡蛎海盗”和水手，做过战地记者，还曾因流浪而锒铛入狱。

屡经波折之后，伦敦得以在北加利福尼亚一个牧场（现在已经成为杰克伦敦州立历史公园）的农舍里愉快地安顿下来。由于经常早起（大约凌晨5点）写作，为了不打扰妻子夏米安，他就睡在门廊里。他在门廊（他就是在那里去世的）两侧的墙壁中间挂了一根金属线——他称之为“晾衣绳”，上面夹着很多白色方形小纸片，纸片上记录了数十条笔记和想法。早上他会停下工作，吃一顿简单的早餐，然后搬到门廊旁边相对舒适的书房里，埋头工作到上午11点或12点，有时还会工作到深夜。

早年，当他发现自己靠写作赚钱异常艰难时，不但没有放弃，反而毅然决然地典当了外套、西装和自行车，租了一台打字机。

伦敦的书房是一间比较普通的写作室。他用1902年生产的酒吧锁牌10型打字机。这台打字机在很多方面都有别于常规打字机——它的Q、W、E、R、T、Y键排列不标准，没有感叹号键，有单独的大写和小写字母键盘。早年，当他发现自己靠写作赚钱异常艰难时，不但没有放弃，反而毅然决然地典当了外套、西装和自行车，租了一台打字机。

无论在室内的书桌上，还是在室外将写字板横搭在腿上，伦敦工作起来都能怡然自得。

宽大的窗户让房间里充满了阳光，墙壁上镶嵌着几组书柜。伦

敦酷爱读书，他曾写道："书房里的书对我而言，就如同海图室里的海图对船长一样重要……学生和思想家的书房必须配备足够多的书，同时他们必须对每一本书的位置了如指掌。"他曾在自己的农场建造了一座拥有26个房间的梦想家园——"狼屋"，并计划在狼屋里建一个大型个人图书馆来收藏自己的1.5万本书。根据他的设想，图书馆上方是一个12米×5.8米的写作室。不幸的是，1913年，即将完工的"狼屋"遭遇了一场意外的大火，被付之一炬。

有时伦敦也会在户外写作：坐在一把椅子上，将稿纸铺在一块大写字板上。他还是一名户外运动爱好者。随着年龄的增长，伦敦在牧场工作的时间远远多于写作时间。他承认自己写作完全是为了赚钱。他曾说："每次我坐下来写作时都会感到厌烦。我宁愿待在户外，去熟悉的地方闲逛。" 他对农舍旁那棵有着400年树龄的老

橡树（“杰克的橡树”）情有独钟。透过书房的窗户就能看到这棵树，受它的启发，伦敦创作了戏剧《种橡人》。

伦敦除了颇具商业头脑之外，还具有良好的职业操守。初出茅庐时，他声称自己每天写作15小时，有时甚至废寝忘食。和库尔特·冯内古特一样，杰克·伦敦也保留了所有早期的退稿信，并把它们钉在一起，码成一摞，足有1.2米高。最早的退稿信来自《周六晚邮报》，该报称他关于“森兰德斯”的故事很有趣，但想知道他是否还有其他“更振奋人心的故事”。他的写作技巧之一是连续抄写多页名著书稿，尤其是鲁德亚德·吉卜林的作品，目的是深入解析他们的优异之处。在农舍里写作时，伦敦给自己制定的目标是每天写1000单词，然后由妻子夏米安负责编辑。

退稿信

所有的作家对出版商的拒绝都习以为常。尽管如此，拒绝赫尔曼·梅尔维尔的这句话还是成了都市传说：“首先，我们必须问一下，它非得是一头鲸鱼吗？”而T.S.艾略特也曾暗示乔治·奥威尔，《动物农场》对费伯出版社而言过于政治化，因此无法出版，并对小说情节提出了批评：“（有人可能会辩驳）我们需要更多具有大众精神的猪，而非更多的主义或宣言。”

显然，很多退稿人缺乏对时代潮流的正确感知。出版商詹姆斯·菲尔茨向《小妇人》一书的作者建议：“好好教书吧，奥尔科特小姐，你没有写作天分。”乔纳森海角出版社委婉地拒绝了威廉·戈尔丁的《蝇王》：“在我们看来，你不太善于写出大众认可的、有远见的想法。”并建议他将这本小说寄给安德烈·多伊奇出版社。

但作家与出版社的关系并不是单向的。乔治·伯纳德·萧（参见第133页）在1895年写给一位朋友的信中说：“我对出版商非常反感。他们集商业狡诈、艺术敏感和任性于一身，既不是好商人，也无法提供精准的文学评判。”

希拉里·曼特尔（Hilary Mantel）

整个世界就是一间写作室

萨里郡，写作室；德文郡，巴德利索尔特顿，写作室

关于写作地点，希拉里·曼特尔（1952—）选择了随遇而安。她可以在搭乘公共交通工具或私人汽车（它让人摆脱了办公桌的束缚）时做笔记。笔记是她工作的核心，早上一觉醒来她就会立刻记录下自己的想法。曼特尔当然不会将自己局限在一个单一的空间内，也从不费神考虑用笔或用笔记本电脑写作，无论手头有什么都能派上用场。她的座右铭是："世界处处都是写字台。"

尽管如此，她对写作室仍然有一些基本的要求：主要是安静；其次是需要一个位于一楼以上的房间，这样的要求并不多见。她的写作室包括她创作《狼厅》时的顶层公寓（位于萨里郡，整栋楼由一家兴建于19世纪的精神病院改造而成），以及她目前工作的地方（巴德利索尔特顿的一间位于二楼的公寓）。

在萨里郡的顶层公寓，曼特尔为三面墙的窗户都安装了金色窗帘。当阳光照射进来时，她感觉自己如同置身于一个金色的帐篷里。在这间屋里，她用于写字的桌子是学生时代使用的折叠餐桌，墙上的装饰物包括托马斯·克伦威尔和罗伯斯庇尔（曼特尔的小说《一个更安全的地方》中的主角）的人物图片，以及几个书架。书架上装满了她写小说时使用的参考书。

曼特尔还在厨房里为小说《狼厅》制作了情节发展图。她将很多明信片钉在一个大布告板上，每一张明信片代表一个场景，明信片背面用大头针固定着一些小纸片，纸片上写着对话、细节和其他重要元素。

曼特尔建议所有写小说时遭遇瓶颈的作者：离开办公桌，做一些与写作完全不相干的事情，比如散步、洗澡，或者烤馅饼。

多年来，曼特尔一直在景色优美的海滨附近创作，她的办公桌安放在一扇可以观赏海景的大窗户旁边。住在海边时，她的工作习惯是每天早早起床，工作一会儿，回到床上休息几小时后继续写作。

玛格丽特·米切尔（Margaret Mitchell）
不可或缺的信封

佐治亚州，亚特兰大，公寓

玛格丽特·米切尔（1900—1949）是一位颇具传奇色彩的作家，一生只写了《飘》一部小说，却成就了一部感人肺腑的传世佳作。小说讲述了美国内战期间及战后，生活在佐治亚州的人民所面临的重重困境。该书赢得了普利策小说奖，目前已售出数千万册，被改编成电影之后也成了名副其实的好莱坞经典影片。

1925年，渴望成名的佩姬·马什（玛格丽特·米切尔婚后的昵称）与丈夫约翰一起搬到佐治亚州新月大街979号，住进了一栋砖砌公寓楼的一层。当时这里被称为“桃树大街”，目前已经成为玛格丽特·米切尔纪念馆。她在这里创作了《飘》的大部分内容。

由于脚踝旧伤复发，米切尔刚刚辞去《亚特兰大日报》的记者工作，搬家对她而言变成了一种折磨。在漫长的康复期内，舒适的椅子让她的心态逐渐平静下来，因而得以重拾童年时养成的大量阅读的习惯。约翰帮她从当地图书馆借来各种书籍，后来建议她尝试自己写一本书。

她接受了挑战，开始了长达十年之久的写作之旅。她回忆起童年时听到的美国南北战争期间的故事，同时对这段历史进行了深入的研究（尽管如此，小说中仍存在诸多种族主义元素，其中一部分在费雯丽和克拉克·盖博主演的电影中被剪掉了）。有趣的是，虽然她的阅读涉猎广泛，却很少做笔记。

米切尔称这间公寓为“垃圾场”。与她从小所住的、距离此处不远的豪宅相比，这间公寓确实有些寒酸。虽然屋子有点漏风，自然光线不足，但作为工作室，它并不算太糟糕。米切尔主要在客厅窗边的一张木制折叠小桌上写作，她的写作技巧也没有什么特别之处。她曾说过：“我坐到打字机（雷明牌3型便携式打字机）前的那

米切尔习惯把书稿藏在家里的各个隐蔽的角落。这一点不值得效仿。

Milk
Eggs
Chapter 15
Chapter 12
Chapter 1

Chapter 7?
shop
Bread
Tomatoes
Leeks
Onions
Chapter 61
Section 1
Scarlett was in Marietta
when Rhett's urgent telegram
came. There was a train

一刻，每一个细节都已成竹在胸。”但奇怪的是，她似乎是先写完最后一章，再倒过来写第一章的。

更匪夷所思的是米切尔处理书稿的方式。每写完一章，她就把书稿装在马尼拉文件袋里，这样来访的客人就不会注意到她在写书了。越来越多的文件袋堆积在客厅里，甚至被用来固定晃动的沙发腿，或者用作列购物清单和记录电话信息时的垫板。由于体积过于庞大，一部分文件袋被转移到卧室，存放在床下、地板下面，以及大厅的壁橱里（她在壁橱里存放了很多书，防止人们借阅）。偶尔她还会直接用毛巾将它们盖住，防止别人窥探。当一位出版商提出要看一看《飘》时，米切尔提交的也是装在文件袋里的书稿。面对堆积如山的马尼拉文件袋，出版商感到震惊也是正常的，因为他不得不单独购买一个行李箱来运送这些文件袋。

越来越多的文件袋堆积在客厅里，甚至被用来固定晃动的沙发腿，或者用作列购物清单和记录电话信息时的垫板。

问题似乎还不止这些：文件袋和章节没有编号；某些章节被分装在不同的信封里；还有一些补充内容被写在纸条上；米切尔甚至忘记将第一章的内容和其他手稿放在一起了。此外，一些章节是用白色的纸打印出来的，干净整齐；另一些章节则是用黄色的纸打印出来的，正文旁边添加了很多注释，还有多处删改，包括斯佳丽·奥哈拉的丈夫弗兰克的两种截然不同的死亡场景。即使在签署了这本书的出版合同之后，米切尔仍然会时不时地在公寓里找到一些装着重要章节的文件袋。

米歇尔·德·蒙田（Michel de Montaigne）
格言塔

法国，多尔多涅省，圣米歇尔德蒙田村，圆塔

散文能够发展成一种受人尊敬的文学体裁，很大程度上要归功于法国作家、哲学家和政治家米歇尔·德·蒙田（1533—1592）。蒙田也深谙专门写作室的重要性。他曾写道：“一个人如果在家里没有独处的空间，无法洞察内心所求、暂隐于尘嚣之外，在我看来是非常遗憾的。”

蒙田的独处空间是一栋圆塔三层的大书房，这座圆塔就矗立在法国多尔多涅省，位于他的城堡旁边。1571年，38岁“高龄”的蒙田选择了半退休式的生活，从此这里就成了他最喜欢的地方。在寒冷的冬天，他的部分工作是在书房的一间侧室里完成的，那里安装了壁炉，每一面墙上都挂着装饰壁画，包括《巴黎审判》《维纳斯和阿多尼斯》，以及乡村和海上生活场景。蒙田还特意增加了一块标牌，用以说明这里是他畅享自由与闲适的地方。

与侧室一墙之隔的书房是一间更大一些的圆形房间，蒙田在这里书写自己对人生的思考。他的座位旁边放着各种祖传遗物和他喜爱的南美手工艺品，包括木剑、珠宝和舞蹈中使用的棍子。屋子里的那些窗户让他可以从各个角度欣赏窗外的风景。五组弧形书柜依墙而立，书架上存放着大约1000本他的个人藏书。他座位上方的天花板上还写着几十句格言。

如今，作家们常常将写着名言佳句的便笺纸用大头针钉在书桌旁的木板上，或者贴在显示屏上，激励自己发奋图强。同样，蒙田从他阅读的大量典籍中甄选了一些令他感悟至深、可以激励他的名言，用油漆把它们写在天花板的每一根梁上。心血来潮时，他还会用新的句子替换旧的。希腊斯多葛学派哲学家爱比克泰德的希腊语和拉丁语名言、古罗马诗人贺拉斯的赞美诗，以及《圣经》中的段

蒙田在自己的写作塔楼内，从《圣经》和古希腊、古罗马作家的锦言佳句中获得了灵感。

落在这里相映成趣。值得一提的是，他对《传道书》中的内容还进行了总结或改写，而非一字不差地引用。这些句子很多都出现在了蒙田的散文中。他通常会站起身来，或是在秘书的办公桌旁踱步，并口述这些句子。

与很多励志格言一样，其中一些句子也是放之四海而皆准的。比如公元一世纪的博物学家、海军军官老普林尼曾写道："唯一可以确定的是，没有什么事情是确定的；没有比人类更卑鄙、更傲慢的物种。"与他生活的年代接近的、公元210年左右去世的哲学家塞克斯都·恩披里柯用希腊语写的句子更是简单明了："可能，也不可能。"还有《箴言》中的一句话："你以为狂妄自大的人很聪明吗？傻瓜都比他更有前途。"

在1984年出版的诗人杰弗里·格里格森的诗集《蒙田的塔楼和其他诗》中，有一首感人至深的诗，描写了蒙田的写作室及其周边环境，并将这座塔楼描述为一个无与伦比的地方，"因为它温和而睿智"。

“创作一部优秀的作品需要完成三个层级：音乐层级——最初的构思；建筑层级——骨架的搭建；最后是织物层级——通过穿针引线将其缝制成一个整体。”

——瓦尔特·本雅明

“写作的动力源于热爱。不要为钱而写作，否则你写的任何东西都不值得一读。”

——雷·布拉德伯里

村上春树（Haruki Murakami）
音乐的重要性

东京，写作办公室

村上春树（1949—）的写作办公室位于东京青山区一栋楼房的6层。这栋楼看起来很普通，而写作室的陈设也相当简朴。相比之下，他收藏的1万张黑胶唱片显得格外抢眼。唱片类型以爵士乐为主，覆盖了一整面墙壁。村上春树习惯在写作时听音乐。事实上，他曾经谈论过音乐和写作之间的共性，以及音乐的四大核心元素——节奏、旋律、和声与即兴创作。

村上春树最初尝试文学创作时正经营着一家东京爵士乐俱乐部。他当时使用一台奥利维蒂牌打字机，只在凌晨俱乐部关门后才开始写作。他目前的写作日程是：凌晨4点左右坐在办公桌前，全力以赴工作五六个小时，啜饮咖啡；下午锻炼、跑步或游泳；然后读书或听音乐（他说音乐给了他写作的能量）；晚上9点上床睡觉。

他的书桌周围点缀着各种纪念品，包括一只刻有蜘蛛图案的木脚（在老挝旅行时购买的）、一座顶部有只黄蜂的大理石雕塑（来自斯堪的纳维亚半岛）、一尊小猫雕像、一只样式寻常的咖啡杯（来自瑞士，上面印有瑞士国旗）、一方带有阿尔弗雷德·A.克诺夫出版社标识的镇纸（来自纽约），以及一个巨大的花生形状的容器。他称这些纪念品为自己的“镇宅之宝”。

村上春树使用削尖的黄色铅笔写字。这些黄色的铅笔装在印有《迈尔斯·戴维斯五重奏-烹饪》和《迈尔斯·戴维斯五重奏-放松》专辑封面图案的玻璃杯里。这些玻璃杯是他经常光顾的唱片店送给他的小礼物。鼠标垫上印着姆明的漫画，桌子上还放着棒球投手小川康宏的小雕像——村上春树是忠实的棒球迷。

设在东京早稻田大学的村上春树档案馆新近向公众开放，在这里游客可以参观村上春树写作室的复制版，也可以欣赏他最喜欢的唱片。

乔治·奥威尔（George Orwell）
与世隔绝的极限

内赫布里底群岛，朱拉岛，卧室

1946年5月，住在伦敦的乔治·奥威尔（1903—1950）因长期受慢性疾病的折磨以及过度劳累，作出了一个冲动的决定：为了集中精力写下一部小说《一九八四》，他毅然决定带着年幼的儿子理查德到内赫布里底群岛的朱拉岛上过一段隐居生活。当时这本书的暂定名是《欧洲的最后一个男人》，他在该书的大纲中这样写道："作家的孤独，源于他感觉自己是最后一个男人。"奥威尔只希望在写作时能保持一种平和的心态。他在《通信的成本》中写道："作家需要在家工作。但如果是这样，几乎可以肯定的是，他会不断受到干扰。"

奥威尔在朱拉岛北部一个名为"巴恩希尔"的农场住宅里生活和工作。朱拉岛上大约住着300人，邮差每周来岛上两三次，最近的邻居也住在1.6公里之外，30公里内没有电话。一台靠电池供电的收音机是奥威尔了解外面的世界的唯一途径。他曾鼓励客人来访，但遥远的路途，以及岛上简陋的居住条件让客人们踌躇不前——那里既没有电，也没有热水，只有最基本的交通工具。事实上，奥威尔定居岛上的前三个月什么也没写，他一心一意地耕种了一小块土地（还制作了几个书架），并使用自己的真名埃里克·布莱尔在那里生活。

岛上的生活绝对算不上舒适，而他当时创作的小说也反映了这种布衣蔬食的生活。与此同时，寒冷潮湿的环境对肺结核患者的健康也非常不利。尽管奥威尔在岛上自得其乐（他在朱拉岛上的日记读起来更像是对大自然的记录，几乎没有提到写作），但他发现生病时很难坚持工作。他在日记中写道："只有当你试图写作时……才会意识到大脑的退化……注意力集中的时间很难超过几秒

在人烟稀少的朱拉岛上，奥威尔的写作条件极其艰苦。

钟，以至于你记不起刚才说了什么。”

奥威尔起初只带了一张行军床、一张桌子、几把椅子和基本的厨具，后来他的东西越来越多。开启了常规的工作日程之后，每天除了吃饭或晚饭后的散步，他的大部分时间都会用来写作或打字。访客们说，他们听到过奥威尔在自己的房间里打字，但他更愿意谈论岛上的动植物而不是自己的小说。迈克尔·谢尔登在其为奥威尔写的传记中描述了奥威尔给巴恩希尔的定位：“巴恩希尔不仅是他的住所，也是他的办公室、餐厅、酒吧和客栈，那里几乎不会让人联想到外部世界的战争、肮脏的街道、现代工厂和强权政治。”

奥威尔有时会在客厅里写作，但主要写作地点是阁楼大房间（一张凌乱的书桌上）或卧室里（通常穿着睡袍）。他使用一台旧雷明顿牌家用便携式打字机，没有佣人照顾他的起居。随着病情的恶化，他偶尔会咳血。有时他也会把打字机放在膝盖上，一边敲击键盘一边保持平衡。他一支接一支地抽着黑色手卷香烟，喝大量的茶和黑咖啡，用煤油取暖器取暖。奥威尔在写给《观察家报》编辑戴维·阿斯特（曾请教奥威尔如何利用巴恩希尔）的信中说：“我已经习惯了在床上写作，我更喜欢这样做，尽管在床上打字感觉有点尴尬。”渐渐地，他发现自己已经没有力气从床上坐起来将书稿整齐地打出来了。

岛上的生活绝对算不上舒适，而他当时创作的小说也反映了这种布衣蔬食的生活。与此同时，寒冷潮湿的环境对肺结核患者的健康也非常不利。

遗憾的是，虽然《一九八四》一炮而红，但奥威尔的健康状况也迅速恶化，不得不于1949年初离开朱拉岛，次年便与世长辞。

西尔维娅·普拉斯（Sylvia Plath）
秀色可餐的家庭房间

伦敦，客厅；德文郡，北托顿，客厅

美国作家西尔维娅·普拉斯（1932—1963）将诗人、小说家的职业生涯与家庭生活融为一体，鲜有男性作家能做到这一点。她把每天的时间都花在了照顾孩子和做家务上，以及烹饪。她对烹饪有一种特殊的热情，她对自己亲手制作的柠檬蛋白派感到非常自豪。写作对她来说则是在忙里偷闲。1961年4月，她在写给母亲的信中说："我忙得像一个陀螺。但我发现，只要每天从早上8点到下午1点之间的5个小时可以写作，我就可以在剩下的时间里做所有家务和其他杂事，无怨无悔。"

显然，从她与诗人特德·休斯那段并不被世人看好的婚姻之初，她就缺乏个人写作空间。1956年，二人在西班牙度蜜月时，普拉斯写信给母亲并描述了那张放在餐厅里的她和休斯共用的餐桌：休斯的那一边堆满了稿纸，纸堆上放着一瓶打开的蓝色墨水；而她的这一边则干净整洁，书和笔记本与太阳镜、贝壳，以及一把剪刀并排放着，整齐划一，并且她的黑墨水瓶已经拧紧了盖子。在她和休斯的家里，她常常在客厅里写作，有时会在脚边放一个便携式电暖炉暖脚。

普拉斯生孩子之前，她和休斯每天的工作时间是：从早上8点30分左右到中午12点，以及从下午4点到6点。后来，他们共同分担了照顾孩子的任务，普拉斯上午工作，休斯下午工作。

普拉斯写作时常用粉红色的备忘录纸，也使用过多台打字机：一台她学生时代使用的皇家打字机、一台史密斯卡罗纳打字机、一台奥利维蒂牌莱特拉22型打字机（这是母亲送给她的礼物），最后一台是浅绿色的爱马仕3000型打字机，她用它创作了小说《钟形罩》。

普拉斯的日常就是忙忙碌碌地写作和育儿。

1961年8月底，他们夫妻二人搬到了位于德文郡北托顿的

CHAPTER 12
HERMES 3000

家——考特格林，这是他们婚后拥有的第一个宽敞的家。普拉斯终于有了自己的写作室，在房子的一楼。上午她在那里写作，休斯负责照顾他们的女儿弗丽达。屋子里有两扇窗户，透过其中一扇可以看到不远处一座于13世纪建造的圣彼得教堂和一棵古老的紫杉树。她在《小赋格》中这样描述那棵树："紫杉的黑色手指轻轻摆动；阴云掠过。"此外，《月亮与紫杉》这首诗中也提及了那棵树。

在考特格林，普拉斯的弟弟沃伦和丈夫休斯为她制作了一张长2米、宽0.75米的大写字台。她在这张写字台上创作了诗集《爱丽尔》，不过这本诗集在她过世后才出版。1961年9月15日，她写信给母亲说："这是一块巨大的榆木板，它将成为我的第一张真正宽大的写字台。"休斯也在他的悲情诗《写字台》中写到了筹划制作这张写字台的情景："我想为你打造一张厚实的写字台/可以用一辈子。"根据休斯的描述，这张写字台"一侧边缘保留的原生树皮犹如波浪般起伏/是用做棺木的粗切木材"。普拉斯每天上午都在这张写字台上工作，喝雀巢咖啡。

1961年9月15日，她写信给母亲说："这是一块巨大的榆木板，它将成为我的第一张真正宽大的写字台"。

与休斯分居后，1962年10月12日，趁孩子们熟睡之际（美国作家托尼·莫里森也选择在这个时间段进行创作），普拉斯在这张写字台上创作了她最著名的诗《爹爹》。她在写给母亲的信中说："我5点就起床，创作我一生中最美的诗，它们会让我声名远扬。"在致力于将家里布置得独特而温馨的同时，普拉斯也喜欢将工作室装点得赏心悦目。根据同一时期的记录，她在写字台上的花瓶里插上了艳红的虞美人和蓝紫色的矢车菊，这些花为她创作诗歌《十月的罂粟》带来了灵感。

1962年12月，普拉斯带着孩子们搬到了位于伦敦菲茨罗伊路的一套公寓内（诗人W.B.耶茨曾经住在那里），并将卧室兼用作书房。在这里，作为一名单身母亲，她将生活和工作安排得井然有序：早上4点到5点左右起床创作《爱丽尔》，直到孩子们醒来。

SCOTCH
BRAND
Cellophane Tape
LE ROUGE ET LE NOIR
Skrip
TIGHTEN CAP

比阿特丽克斯·波特（Beatrix Potter）
书的舞台

坎布里亚郡，尼尔索里村，卧室

《彼得兔的故事》出版后，比阿特丽克斯·波特（1866—1943）的成功随之而来。1905年，她买下了位于坎布里亚郡尼尔索里村一处17世纪建造的“山顶别院”，并在那里创作了13本书。

实际上，波特并不住在山顶别院，她的家在附近的城堡农场，山顶别院只是她写作时的静修所。尤其是楼上的卧室，她通常在正对窗户的一张小木桌旁工作。“彼得兔”源自波特给朋友们的孩子写信时随手绘制的故事草图。1901年，波特制作了一本手绘书，但先后遭到6家出版社的拒绝。主要原因是，她坚持这本书的尺寸必须足够小，以方便孩子们拿起来阅读，并且文本不应该押韵。波特以个人的名义出版了这本书，印刷量为250册。

随后出版商弗雷德里克·沃恩出版了这本书，三个月内售出了2万多册。尽管这本书让波特声名鹊起，但她仍然以个人名义出版了《格罗斯特的裁缝》，还推动了自己早期作品的衍生品的销售。1903年，她设计了一款彼得兔玩偶并申请了专利，随后获得了彼得兔茶具、壁纸、文具以及其他周边产品的专利权。

即便去山顶别院参观，你也可以从她的故事中大致了解房子的布局，包括门厅的石板地面、18世纪的楼梯扶手，梳妆台（参见《长胡子塞缪尔的故事》），以及娃娃屋和家具陈设（参见《两只坏老鼠的故事》）。

波特对园艺设计同样有着浓厚的兴趣，她亲自规划了花园的布局。在《汤姆·猫咪的故事》中，明显可以看到她花园中的花丛和灌木丛，至今照管这个花园的园丁们还会将这本书作为园艺种植指南。书里还描绘了她的白色栅栏门、石墙和从山顶别院看到的乡村美景。《杰米玛·帕德尔鸭的故事》中也描绘了这个花园和周边地区的景色。

波特规定，她死后，山顶别院绝对不能改动，或者就像她在遗嘱中所说的那样，“就好像我刚刚出门，他们（来访的客人们）恰好与我错过了一样”。

马塞尔·普鲁斯特（Marcel Proust）
床的召唤

巴黎，卧室

尽管绝大多数作家在工作时会倾向于保持身体直立，但是有些作家发现，写作时身体处于更松弛的状态反而更好。杜鲁门·卡波特声称自己是一个“完全躺平的作家”，只有躺在床上或沙发上才能思考；马克·吐温曾说，他喜欢叼着烟斗坐在床上，在写字板上涂鸦。但“床上创作派”的引领者当属马塞尔·普鲁斯特（1871—1922），他的代表作《追忆似水年华》的第一句话就是“在很长一段时期里，我都是早早就躺下了”。

1906年，父母去世后不久，普鲁斯特搬进了巴黎奥斯曼大道的一间公寓内。失去双亲的悲痛让他常常彻夜难眠。他的解决方案是把自己隔离在卧室里，并制订了一个夜间工作日程计划，以便白天睡觉，晚上写作。

卧室很大，地面距离天花板约3.7米，这里曾经是普鲁斯特舅舅的卧室。普鲁斯特使用百叶窗和厚重的缎面窗帘遮住窗户，以防止花粉和灰尘进入室内，引发他的哮喘。

此外，他想让自己工作的地方尽可能保持安静（他将电话保留了一段时间，最终还是拆除了）。在朋友、诗人安娜·德·诺瓦耶的建议下，他为墙体和天花板安装了软木内衬。起初他本打算为墙面和天花板贴上壁纸，但一直没能抽出时间。由于他常常采用药熏法治疗哮喘，经年累月之后，墙和天花板都被药粉燃烧时的烟气熏黑了。

即使墙体和天花板都安装了软木内衬，也难以满足他追求的隔音标准。普鲁斯特的邻居玛丽·威廉斯夫人的丈夫是一名牙医，他的椅子就在普鲁斯特卧室的正上方。普鲁斯特给邻居写了很多信，措辞礼貌委婉，但表达的主题都是“请保持安静”。

由于长时间在床上写作，普鲁斯特的手腕经常抽筋。

普鲁斯特穿着套头衫半坐在简易的床上写字，以双膝代替桌子，身边放着几个热水瓶。管家西莉斯特·阿尔巴雷特每天为他准备羊角面包和热咖啡，她说从来没见过他站着写字，哪怕是写一张字条。他在横线笔记本上写书稿，纸的两侧由红线分隔出了页边的空白区域。他写字的姿势并非完美，长时间在床上写作，使得普鲁斯特的手腕经常抽筋。

房间内出奇地杂乱，弱化了屋子里坟墓般的沉寂感。普鲁斯特的床安放在一个离窗户最远的角落里。为了写作方便，他将三张餐桌和一些必需品都放在床边，包括绿色遮光床头灯，一瓶依云水。稍远一点的镶木地板上，放着他母亲留下的钢琴、他父亲书房的扶手椅和旋转书架，还有一张他从未使用过的写字台。虽然这些物件在设计方面没有任何特色，却能让他回想起与父母在一起的美好时光（据说奥斯卡·王尔德在拜访普鲁斯特的父母时曾惊呼“您家的房子太丑了！”）。而其他陈设，如屏风、橱柜和地毯等，则体现出了东方韵味。房子里没有一张画作，唯一的装饰品是一尊白色小雕像，雕刻的是年轻的耶稣。有两面镜子放在他躺在床上时无法照见的地方。这个房间的陈设虽然简朴，但还没有到清苦的地步。它就如同一块画布，上面空无一物，不会有什么东西吸引他的注意力，诱惑他停下创作。他认为工作是爱国者义不容辞的责任。

普鲁斯特给邻居们写了很多信，措辞礼貌委婉，但表达的主题都是“请保持安静。

目前尚不清楚普鲁斯特为什么选择在床上写作。虽然普鲁斯特房间内的陈设表明，他在与亲人相关的物品中得到了安慰，但也许他更需要一个温馨而独特的地方来激发自己的写作热情。他年轻时写的第一本书《快乐与时日》中有这样一段话：“当一个人心烦意乱的时候，躺在温暖的床上会让他身心愉悦。一切努力和挣扎都会在那里戛然而止，你甚至可以将头埋在毯子下面，放声恸哭，如秋风萧瑟、落叶纷飞。”

J. K. 罗琳（J. K. Rowling）论咖啡馆的重要性

爱丁堡，形形色色的咖啡馆

J.K.罗琳（1965—）最初写《哈利·波特》时，咖啡馆为她提供了一个重要而低成本的工作空间。她写作时，年幼的女儿就安睡在她身旁的童车里。

罗琳曾说，《哈利·波特》诞生于爱丁堡市。在那个时期，她辗转于爱丁堡大大小小的咖啡馆之间进行创作，一定程度上是因为这样可以节省自己煮咖啡的时间；另一个原因是，她更喜欢置身于人群之中，而不是独自一人写作。当她需要从新的环境中汲取灵感时，她还可以随时更换咖啡馆。罗琳理想中的咖啡馆生意足够兴隆，但还不至于与他人共用一张餐桌。《哈利·波特与魔法石》就是她在剑桥街特拉弗斯剧院咖啡馆和尼科尔森咖啡馆（现名为斯普恩咖啡馆）位于角落的餐桌上创作的，她经常在这些地方点一杯蒸馏咖啡和一杯水。但她创作《哈利·波特》第二卷和第三卷的首选之地是大象咖啡馆里面的位置，这家咖啡馆位于乔治四世大桥街，从那里可以看到爱丁堡城堡的全景。

成名后，虽然她还是喜欢手写书稿，却不会再到公共场合写作了。她在其他地方找到了灵感，比如酒店的客房。她在爱丁堡巴尔莫勒尔酒店552客房完成了“哈利·波特”系列丛书的最后一本。这个房间目前已经更名为“J.K.罗琳套房”。她“躲”在这里创作出了哈利在《哈利·波特与死亡圣器》中的冒险旅程。为了纪念这一事件，她向酒店签赠了一尊大理石赫尔墨斯半身像（这尊雕像目前仍在原来的位置）。酒店也为这间套房增加了一个猫头鹰门环。

她最近在自家后花园的一间办公室里工作。在这里，她大量饮茶，吃一些不容易让屋子显得凌乱的零食，比如爆米花，还会播放古典音乐以避免人声干扰。

罗琳是众多在咖啡馆找到灵感的作家之一。

维塔·萨克维尔-韦斯特（Vita Sackville-West）
纪念爱的房间

肯特郡，西辛赫斯特城堡，塔楼

1930年，身为小说家、记者、诗人和园丁的维塔·萨克维尔-韦斯特（1892—1962），与丈夫哈罗德·尼科尔森搬到肯特郡那座建成于16世纪的西辛赫斯特城堡时，城堡的主体部分已经破败不堪，她修复的第一栋建筑是那座高得令人难以置信的塔楼。她很喜欢这座童话般的塔楼，它令她想起了位于诺尔附近的祖宅，遗憾的是作为女性，她没有继承祖宅的资格。

塔楼拱门上方的房间成了维塔的写作室。她在1930年创作的诗《西辛赫斯特城堡》中这样描述这个房间："高高的房间里，影子倾斜颀长。"她雇用当地的建筑商为她制造橡木书架和转角壁炉，并把塔楼装修成了一个八角形的书房。西辛赫斯特城堡让她得以逃避外面的世界以及公认的社会规范。她将这个写作空间作为自己的私人领地，几乎不允许任何人进入。维塔坐在一张橡木写字台旁工作，正对着一幅17世纪的弗兰德斯壁毯，光线从右侧一扇高高的格子窗照射进来。地板上铺着波斯地毯，屋子里还有一张深橄榄色的灯芯绒面大沙发床。窗台上摆放着她旅行时收集的贝壳和鹅卵石。

房间里还摆满了与她情人相关的各种小物件：一对中国水晶兔，一枚红色的熔岩戒指（这是来自沃莉尔特·特里富西斯的礼物），克里斯托弗·圣约翰（原名克丽丝特布尔·马歇尔）优美的书法作品——一首17世纪诗人菲尼亚斯·弗莱彻创作的关于肯特郡趣闻的诗，以及格温·圣奥宾的刺绣作品（维塔的写字台上也有她的照片）。旁边的墙上挂着另一件圣约翰的作品：匿名诗《致他始终不渝的爱》，出自1557年第一本印刷英文诗集《托特尔杂集》。

维塔的写字台上放着一张哈罗德的照片。旁边是一张勃朗特姐妹画像（原作者为布兰韦尔·勃朗特）的复制品和一张诺尔风景版画的复制品；与哈罗德的照片相对的是一张弗吉尼亚·伍尔夫的照

维塔三十年如一日在塔楼里写作，再也没有对塔楼进行过任何装修。

片，这张照片于1929年由社会摄影师莱纳尔拍摄。伍尔夫1928年曾以维塔为原型创作了小说《奥兰多》。写字台上的几个笔记本中详细记录了维塔借给朋友们的书、花园账目以及她的梦境记述。维塔还将写字台正上方的橱柜漆成了醒目的铜绿色。

书房里还保留着一个黑色格莱斯顿旅行包，里面装着她所写的一些关于沃莉尔特的文字。维塔去世后，因为没有钥匙，她的儿子奈杰尔不得不将包拆开。奈杰尔1973年出版的《婚姻的肖像》就是基于这些文字创作的，该书一经出版就获得了空前的成功。

在西辛赫斯特城堡，哈罗德和维塔各自有书房，两人的藏书共计1.1万册，其中大约2700册存放在维塔的私人写作室里。维塔的藏书偏重于园艺、旅行、性等方面；此外还有弗吉尼亚·伍尔夫写的24本书，包括她签赠的《奥兰多》。还有颇具代表性的诗集，分别出自W.B.耶茨、斯蒂芬·斯彭德、T.S.艾略特和埃迪丝·西特韦尔。

塔楼拱门上方的房间成了维塔的写作室。她在1930年创作的诗《西辛赫斯特城堡》中这样描述这个房间："高高的房间里，影子倾斜颀长"

此后的30多年里，塔楼再也没有被重新修整过。维塔一直在这里工作（白天在花园里工作，晚上写作）。唯一的例外是二次世界大战期间（1941—1942年冬天），因为很难买到煤，塔楼里太冷，维塔便搬了出去，1945年4月她又回到了这里。

事实上，西辛赫斯特城堡还是另一位天赋异禀的作家的创作基地。奈杰尔的写作观景台在护城河边上，从那里可以欣赏周遭的乡间美景。为了纪念父亲，奈杰尔于1969年建造了这座写作观景台，并在那里创作了《婚姻的肖像》。尽管当时外面花园里的游客熙来攘往，却没有对他造成任何干扰。

写作观景台里没有电话，没有照明设备，也没有供暖系统。有趣的是，虽然它是完全按照阿波罗11号登月舱建造的，但与该地区典型的奥斯特建筑风格相当协调。目前这里正在进行一个复原项目——在书架上补充奈杰尔工作时所用书籍的相同版本。这些书包括简·奥斯汀的作品，以及肯特郡的地图和发展史。

乔治·伯纳德·萧（萧伯纳）（George Bernard Shaw）
被当作宣传工具的写作室

赫特福德郡，阿约特·圣劳伦斯村，写作小屋

作家的创作地点往往是私密的，是避开家庭生活，以及孩子、宠物和不速之客所带来的情绪波动的“避风港”。这一点显然是乔治·伯纳德·萧（1856—1950）将他的写作小屋向世人推而广之的切入点。他把自己塑造成一个极具创作力的都市隐者，遁形于属于他的这座小型避风港，陪伴他的只有几支钢笔、几瓶墨水、一张小桌、一张单人床和一把舒适的柳条椅。萧伯纳的传记作者迈克尔·霍尔罗伊德将这间小屋描述为“僧寮”。但事实上小屋比僧寮要复杂得多。

萧伯纳的写作避风港是一个大约6平方米的木制避暑小屋，最初是为他的妻子夏洛特设计的，灵感来自他的邻居阿普斯利·彻丽-加勒德建造的类似设施，这位邻居是斯科特南极探险队的博物学家。萧伯纳在赫特福德郡阿约特·圣劳伦斯村的住宅“萧之角”搭建了这座小屋。屋子建在一个旋转底座上，底座由一个圆形轨道和多个万向轮组成，这意味着小屋可以通过旋转来改善光线或改变视角（或者只是为了锻炼身体）。更值得一提的是，屋里还安装了电话，可以与住宅连通，并配备了电暖气和一个提醒这位诺贝尔奖得主吃午饭的闹钟。在当时，这间小屋绝对称得上是高科技产品。萧伯纳特别享受这种隔离的状态，因为这样一来，家里的工作人员在某种程度上可以诚实地告诉来电话的人“萧先生出去了”，以免对方打扰。出于同样的原因，他将小屋命名为“伦敦”（“很抱歉，先生，萧伯纳先生现在在‘伦敦’”）。

1900年7月，萧伯纳接受《世界》杂志采访时曾说：“任何能放床和写字台的地方对我而言都是一样的。”但这种言辞上对写作空间的明显漠视，与他将小屋作为舞台来宣传自己的观点和信仰的事实大相径庭。

在萧伯纳的故居，人们仍然可以看到当年他使用过的旋转小屋。虽然已经陈旧，但它代表着无数作家梦寐以求的写作空间。

作为一名记者、剧作家和多产的作家，萧伯纳对大众媒体的摄影艺术有着敏锐的鉴赏力，他将有关自己的剪报收集在几本专门的相册中。他不是僧侣，自然未能免俗。作为美国新闻大亨威廉·伦道夫·赫斯特的朋友，萧伯纳也想让自己生活中的光彩瞬间有机会被关注和看到，从而给人们留下特别的印象。在那个人们对社会名流的私生活越来越感兴趣的时代，他充分利用了自己作为媒体名人的声望。

那是一个“田园生活”逐渐受到推崇的时代。人们对田园生活的向往推动了安装花园小屋的热潮。萧伯纳充分利用了这股热潮，一方面宣扬自己是一名遁世的思想家，在乡下的“避风港”笔耕不辍，并遭受着媒体和相关人士的侵扰；另一方面又热情地邀请报纸和杂志为他摆拍。

于是，1929年8月，萧伯纳和他的小屋出现在《现代力学与发明》杂志上，向大众宣传将阳光作为治疗手段的理念。他在镜头中摆出的戏剧性姿势和他对韵律操的兴趣，以及身体需要协调发展的理念十分相符。他还为小屋安装了紫外线可以穿透的“维他玻璃”窗，这一举措也被多家报纸争相报道。由于这样的旋转避暑小屋曾被用于治疗肺结核病，所以拥有一间旋转小屋一度使他成为倡导先进医学理念的先锋。萧伯纳并非与户外相关的所有活动都以这间小屋为主，他还是裸体主义的支持者，但他宣传小屋的时候总是会穿戴整齐。

由于这样的旋转避暑小屋曾被用于治疗肺结核病，所以拥有一间旋转小屋一度使他成为倡导先进医学理念的先锋。

当然，他会不失时机地利用这间小屋来炫耀他的名人朋友。1944年春，女演员费雯丽与丈夫劳伦斯·奥利弗在伦敦拍摄电影《凯萨与克里奥佩拉》（原为萧伯纳创作的戏剧作品）时，因为拍摄地点距离萧伯纳在赫特福德郡的家很近，她便与该片的导演——个性张扬的加布里埃尔·帕斯卡尔一同拜访了萧伯纳。她到访小屋的宣传照片（由威尔弗里德·牛顿拍摄）自然也就出现在了各大媒体上。另外，一段拍摄于1949年的录像表明，喜剧演员丹尼·凯也去萧伯纳的花园里拜访了他。

扎迪·史密斯（Zadie Smith）
阻断互联网的干扰

纽约，不同的小房间

英国小说家兼创意写作教授扎迪·史密斯（1975—）对设立专门的写作室的想法并没有执念，尽管如此，她还是很幸运地继承了E.L.多克托罗在纽约大学的旧办公室，并经常在那里写作。

实际上，史密斯对写作室唯一的要求是：这需要是一个没有太多自然光线的小房间。她可以用窗帘来实现这一点。不挑剔写作室，在某种程度上是因为她不得不兼顾日常工作和接孩子放学。因此，在不教书的日子里，她每天的工作时间为上午9点到下午2点30分。重要的是，史密斯并没有限制自己的上网时间，而是在一台完全断网的电脑上写作（她不太关注社交媒体）。

史密斯并不是每天都写作，她说自己写作完全是出于一种发自内心的紧迫感，因此如果不是觉得有必要，她就不会动笔。她会先重读自己已经写好的内容，确定需要修改的地方，然后再写新内容。尽管这一做法导致其写作进展极其缓慢，但好处是在完稿时不需要进行额外修订。她将大部分时间都花在了书的前50页，以确保该书能确切传达她的意图，剩下的部分她写得很快。

史密斯的书桌上摆满了品类各异的小说，她可以很轻松地从中挑出一些来为自己补充文学食粮——她“把《卡夫卡》当粗粮”，并将陀思妥耶夫斯基视为“素材而非风格的守护神”。她在写作期间只阅读高质量的小说，并会将“抚慰型食物”留到其他时间阅读。

她还喜欢在自己的作品中信手拈来一句发人深省的名言。她最近常引用的是哲学家雅克·德里达的一句名言：“如果隐私权得不到保障，极权主义就将盛行。”

史密斯：远离社交媒体，免去世俗纷扰。

GRAVITY'S RAINBOW
KAFKA
CRIME
AND
PUNISH
MENT

BLACK NICK
#1 MOM
DANIELLE STEEL STAR
DANIELLE STEEL HEARTBEAT
DANIELLE STEEL DADDY

丹尼尔·斯蒂尔（Danielle Steel）
不同凡响的书桌

巴黎，书房；旧金山，书房

丹尼尔·斯蒂尔（1947—）是作品最为畅销的浪漫主义小说作家之一，她通常在巴黎和旧金山的家中创作。斯蒂尔将自己作品的封面和她最喜欢的格言用相框装裱起来，然后装点在墙上，比如："没有奇迹，只有自律""夜晚与睡眠有什么必然联系吗?（约翰·弥尔顿）""只有为他人而活的人生才有价值（阿尔伯特·爱因斯坦）"等。

斯蒂尔位于旧金山的家里有一张豪华的写字台，是根据她的三本畅销书《明星》《爸爸》和《心跳》的形状打造的，造型新颖、别具一格。斯蒂尔的写作习惯也非同寻常：她每天用很长的时间伏案写作，每年创作六部新的小说。早上8点30分，她身穿开司米睡衣，吃一片吐司，喝一杯无咖啡因的冰咖啡后便开始工作，一直到午餐时间；下午以黑巧克力作为甜点，经常工作到深夜或第二天凌晨。她使用1946年生产的奥林匹亚标准键盘打字机，并亲切地称之为"奥利"。（事实上，这些年来，她已经用坏了十几台"奥利"，但这些打字机仍然被她小心翼翼地保存着，以求有备用零件。）

有趣的是，尽管斯蒂尔热衷于室内设计，但在设计写字台时，书名和颜色的选择和搭配仍然是由设计师们来定夺的：白色代表《明星》，鲜红色代表《心跳》，深蓝色代表《爸爸》。她同时也考虑了写字台的实用性。写字台上摆放着很多孩子们送给她的、象征好运的物品，包括艺术品、磁铁和一块她已故的儿子尼克的铭牌，上面刻着他的朋克乐队的名字——"Link80"。斯蒂尔说："尽管我非常喜欢它们，但它们对我的创作过程没有任何帮助。由于桌面过于拥挤，我写作时不得不把它们从桌子上拿下来，写完一本书后再放上去。"

斯蒂尔的写字台是世界上最酷的桌子之一。

“我越来越认同的一点是：要想精心构架一本厚厚的书，或修订时提出最精辟、最准确的见解与评审意见，就绝对不能饮酒。”

——F. 斯科特 · 菲茨杰拉德

每天早上把想法一股脑丢进打字机里，每天中午修改。

——雷蒙德·钱德勒

格特鲁德·斯泰因（Gertrude Stein）
奶牛和汽车，缺一不可

不同乡村地区的汽车中

约翰·斯坦贝克将她的福特客货两用车改造成了写作间：将后座拆除，腾出空间放置了一张折叠书桌和其他写作用品，还有一些咖啡。弗拉基米尔·纳博科夫在自己的汽车里做了很多笔记，为创作小说《洛丽塔》做准备。同样，前卫派作家格特鲁德·斯泰因（1874—1946）也认为汽车能激发人的创作灵感。

斯泰因出生于美国，但大多数时间居住在巴黎。她是一名狂热的汽车爱好者，常常带着搭档艾丽斯·B.托克拉斯驾驶T型福特汽车纵横驰骋。她亲切地称这辆车为“婶婶”（车是以婶婶保利娜的名字命名的）和“戈黛娃”（意为“上帝的礼物”，因为它的仪表盘非常别致），斯泰因负责驾驶。二人一起去购物时，斯泰因将车停妥后，会在副驾驶的座位上写东西，托克拉斯则负责拿着袋子去购物。斯泰因有一篇关于写作技巧的文章《创作即诠释》，甚至是她修自己的车时坐在另一辆福特车里完成的。

斯泰因最著名的书《艾丽斯自传》强调了拥挤街道的嘈杂声，尤其是“汽车的移动”带给她的启发——她发现快速写作能让自己解压。这本书还将她的写作过程比作不间断的汽车生产流水线。她在书中写道：“在20世纪，你感觉自己一直在不停地移动。”

她们常常在家里举办远近闻名的周六晚间沙龙，有时二人会来一次说走就走的旅行，驱车直奔乡下。她们四处搜寻，直到找到一处适合斯泰因写作的地方，即一处可以观察奶牛（在斯泰因的作品中与高潮有关）和岩石的地方。找到之后，斯泰因会将纸铺在露营凳上用铅笔写作，直到她觉得需要一头新奶牛来激发自己的写作灵感为止。这个时候，要么托克拉斯会将一头奶牛牵到斯泰因的视野中，要么两人会一起驾车去寻找另一头奶牛。这样的写作时间每次只持续大约一刻钟，斯泰因说她每天总共大约只写30分钟。

斯泰因：四个轮子很好，四条腿更棒。

Siège Périlous

约翰·斯坦贝克（John Steinbeck）
铅笔成就写作室

纽约，长岛，写作小屋；纽约，公寓

1958年，美国小说家约翰·斯坦贝克（1902—1968）在他写给朋友兼经纪人伊丽莎白·奥蒂斯的一封信中，描述了他建造“小灯塔”的几种方案。“小灯塔”小到放不下一张床，因而永远不能用它接待客人。他在信中说：“任何人将被禁止入内，它的主要特征之一是门上有一把明晃晃的挂锁。”

对自己位于纽约长岛的写作小屋，斯坦贝克的喜爱之情溢于言表。他甚至给它起了一个名字——欢乐之城。他亲手为小屋制作了一个门牌，贴在屋外的门上。这座以兰斯洛特的城堡命名的六边形小屋（设计灵感来自马克·吐温的花园办公室）位于萨格港，从那里可以欣赏到布拉夫角附近海湾的瑰丽景色。这座别具匠心的小屋由斯坦贝克亲手打造，每一面墙上都安装了窗户。他坐在一张轻便的折叠椅上工作，椅子上贴着“危险座位”的标签——事实上，欢乐之城中只有一把椅子，因而访客们无处落座。屋内，一张大写字台占据了大部分空间，他可以把文件和书籍摊开放在上面。书架近乎绕成一圈，沿墙立在窗户下方。在这座温暖而舒适的小屋（他最初把它命名为“萨尼蒂的继子”）里，斯坦贝克创作了游记《带上查理去旅行》和他的最后一部小说《烦恼的冬天》。

和欢乐之城一样，斯坦贝克也很享受他位于纽约上东区的公寓内的宁静氛围。他将这间公寓描述为“一个静谧的房间，什么都不会发生”。事实上，由于太过安静，他曾经说打算养一只八哥，并教它向他提问。门外有一块标牌，正面写着“秃鹫的绝望”，背面写着“清洁镇”——如果这一面冲外就表明妻子在他外出时来过这里并整理了房间。

斯坦贝克每次写作都是从一支削得尖尖的铅笔开始的。

但无论在哪个写作室，喜欢奋笔疾书的斯坦贝克进行创作都有一个前提条件：要有铅笔，而且多多益善。他说：“我喜欢用铅笔写字的感觉”，显然这种说法淡化了铅笔对他的重要性。他写每一本新书都会用掉数百支铅笔。这些笔被削得很尖，所以被他的儿子汤姆戏称为“手术专用笔”。斯坦贝克认为，“长而漂亮的铅笔为我增添了活力和创造力，用这样的铅笔写字纯粹是一种享受”。而他对完美铅笔的追求永无止境，他曾写道：“多年来，我一直在寻找完美无缺的铅笔。我找到了很多不错的铅笔，但没有一支是无可挑剔的。事实上，我苦苦寻觅的不是完美的铅笔，而是尽善尽美的自己。因而刚开始感觉还不错的铅笔，过一段时间就不满意了。”他的字迹时而柔情似水，时而强硬如钢，完全因笔而异。有时他还会在中午换笔。

他特别喜欢圆杆铅笔，因为六边形铅笔会将手指勒出痕迹。尽管如此，他还是经常使用六边形铅笔，以至于他手指上长期接触铅笔的地方被磨出了一个凹陷的老茧。他对铅笔的另一个要求是，铅芯要是黑色的，这样就不会因为字迹颜色不同而被分散注意力了。他最喜欢的铅笔有布莱斯德尔牌的计算器600、埃伯哈德·费伯牌的蒙戈罗480和埃伯哈德·费伯牌的布莱克温602。

还有一个电动卷笔刀他也十分喜欢，他称之为使用频率最高、最有用的财产。每天上午工作之前，他都会准备一个木盒子，里面装着24支削尖的铅笔。由于他一天之内会轮流使用并重新削尖这些铅笔，电动卷笔刀无疑为他节省了大量时间。

斯坦贝克坦言，这种对铅笔的执着——即“铅笔情结”——是他

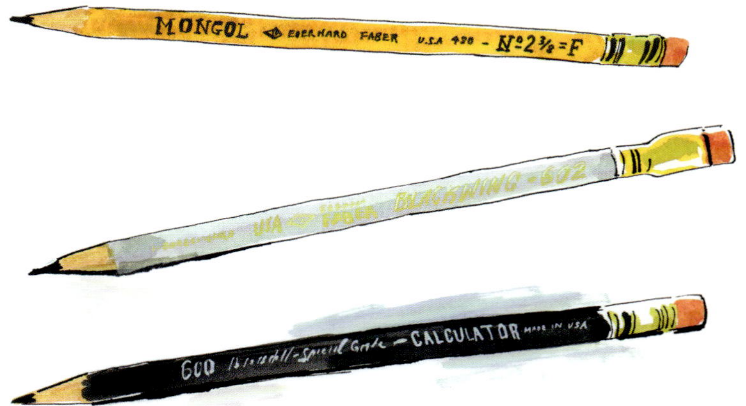

的怪癖之一。他还有其他怪癖。他在一本书的右页写小说《伊甸园之东》，同时用左页给他的朋友兼编辑帕斯卡尔·科维奇写信，探讨新书的进展以及日常新闻。事实上，他早上的工作就是用写信来热身的——斯坦贝克曾解释说，他觉得有必要“在工作前磨蹭一段时间”。

在痴迷于这种低技术含量的怪癖的同时，斯坦贝克还热衷于利用新技术提升工作效率。比如，用录音机测试小说中的对话听起来怎么样，用橄榄绿的爱马仕牌“宝贝”打字机将手稿打出来。“宝贝”打字机是最早的便携式打字机之一，他在它的盒盖上刻了“人面兽心”几个字。

字数统计

作家们的日常写作目标千差万别，即使是同一个人，在不同的职业阶段其每日写作目标也不尽相同。排名最后的是格雷厄姆·格林，他每天要写500单词；J.G.巴拉德的写作量则是他的两倍；据弗·福赛思估计，他每天的写作量约为12页稿子或3000单词；李·蔡尔德则认为，每天至少应该写600单词，多写一倍可谓优秀，如果能写4倍，那就是完美的一天。

《巴塞特郡纪事·二：巴彻斯特大教堂》和《如今世道》两部小说的作者安东尼·特罗洛普，将自己描述为一名“文学劳工”，他认为“一天写作三个小时是一个人的标准工作量”。但他会在这三个小时里忘我地工作。他在自传中写道，“每天写作三小时是我的习惯，至今依然如此。我从前写作会用表计时，规定自己每一刻钟写250单词。最近我放宽了对自己的要求，但我发现，一刻钟250单词的写作量对我来说和从前一样驾轻就熟。”

马克·吐温在自传中写道，他年轻时平均每天可以写3000单词，20世纪末他的写作量有所下降：“1897年我写《赤道环游记》时，平均每天写1800单词，当时我们住在伦敦特德沃斯广场；1904年在佛罗伦萨，我平均每天工作四五个小时，差不多要写1400单词。”

然而，设定一个特定的写作量可能并非理想的做法。约翰·斯坦贝克建议忘掉所有目标，每天只写一页纸。欧内斯特·海明威认为，一次不能写太多，“永远不要把自己榨干”。或者正如刘易斯·卡罗尔所说：“只有在大脑非常清醒的情况下才可以继续工作。当你觉得思绪开始混乱的时候，就要停笔休息。”

狄兰·托马斯（Dylan Thomas）
紧凑的空间的魅力

威尔士，拉恩，写作棚屋

1949年， 狄兰·托马斯（1914—1953）在英国广播公司的一档节目中朗诵了自己的几首诗，并解释了自己选用词语的方法：忽略那些让他感觉“非常独特”的词语，而选择那些让他感到最愉快的词语，比如“其时，在威尔士的小房间里，傲慢而虔诚地，我提笔写诗”。

毫无疑问，托马斯从紧凑的空间中找到了灵感。住在伦敦德兰西大街的一间公寓里时，他常在花园尽头的旅行拖车上写作；在威尔士拉恩城堡的避暑小屋里，他完成了《青年狗艺术家的画像》的大部分内容；在赞助人玛格丽特·泰勒为他提供的一间位于牛津大学莫德伦学院的避暑小屋内，他激情洋溢地创作；在拉尼娜大厦的附属建筑“苹果屋”内写作时，他满心欢喜。拉尼娜大厦位于威尔士的纽基附近，“苹果屋”的主人是霍华德·德·沃尔登勋爵。

托马斯使用过的最著名也是最后的一个写作室，是位于拉恩的一个建于20世纪20年代的车库。这里曾用来存放拉恩的第一辆汽车——当地医生的绿色沃尔斯利汽车。车库建在公路旁几根高高的铁桩上，小屋的一部分从公路边缘探出，悬立于峭壁之上，从这里可以俯瞰峭壁下的塔夫河口。1949年，它被改建为托马斯的写作棚屋，与此同时，托马斯和妻子凯特琳搬进了他们附近的家——“船屋”。玛格丽特·泰勒再次赞助了相关费用。托马斯在写给泰勒的一封信中说：“在这个悬崖之上的风光绮丽的房间里，我写下的每一个单词都代表我对您的诚挚谢意。”

托马斯在棚屋写作期间，常常会在白天去布朗酒店小酌一杯

这间棚屋在很大程度上充当了托马斯的私人避风港。他在屋内安装了窗户和炉子，并进行了精心的装饰：贴上了自己最喜欢的作

家（路易斯·麦克尼斯、拜伦、沃尔特·惠特曼、W.H.奥登和D.H.劳伦斯）的照片；还有单词表和艺术复制品，比如波提切利的《维纳斯的诞生》，老彼得·勃鲁盖尔的《农民的婚礼》。桌腿被漆成了红色，桌子上，除了成堆的纸张，还放着一些他最爱吃的硬糖。书架上摆了很多书。据说，凯特琳拿走了雷蒙德·钱德勒的作品和一些惊悚小说，以让他专心写作，而不是放松地读书。在这里，他所有的作品均为手写，不满意的手稿会随意地被丢弃在地板上。

狄兰·托马斯在给朋友赫克托·麦克弗的信中写道："我的书房、工作室，或者说吟游诗人的茅舍，在峭壁顶部炙烤。"在这间位于峭壁顶部的小屋里，他可以纵览从卡马森湾到兰斯特凡半岛的怡人美景。透过窗户，他还可以远眺约翰爵士山，正如他在同名诗歌中的描述——"约翰爵士山之上/苍鹰悬停，蓄势待发"。为了纪念自己35岁的生日，他写了一首《生日感怀》。小屋在这首诗中最为引人注目。该诗以"他的小屋立于高桩，莺来燕去，声声不息"开头，他还将自己描述为"在房间里听鸟儿聒噪的诗人"。

在这里，托马斯还创作了《不要温和地走进那个良夜》和《牛奶树下》的部分内容。

托马斯的常规写作日程就像这间小屋一样简单：上午阅读、写信或做填字游戏，中午去当地的布朗酒店小酌一杯，下午1点回来吃午饭；下午2点到晚上7点在小屋里工作，晚上和凯特琳一起回到布朗酒店。为了让他工作时心无二用，凯特琳有时会把他锁在小屋里。

在托马斯去世后的很长一段时间里，人们对这座小屋仍然津津乐道。罗尔德·达尔在与家人前往威尔士旅行后，按照完全相同的比例建造了自己的写作小屋（参见第44页）。在2011年切尔西花展的相关活动上，人们复制了这座小屋。2014年，为了纪念托马斯诞辰100周年，英格兰和威尔士的公路上出现了这座小屋的"快闪"版复制品。由于托马斯原本的小屋早已颓败不堪，亟待维修。2003年，人们耗资2万英镑（它一开始的建造成本为5英镑）对它进行了翻新。小屋内部再现了他的工作环境，几个空啤酒瓶旁边是他的蓝白条纹马克杯（精明的威尔士陶器公司嗅到了商机，正不遗余力地销售这个杯子的仿制品），椅背上搭着他的一件短夹克。

马克·吐温（Mark Twain）
台球厅与棚屋各有千秋

康涅狄格州，哈特福德，台球厅；纽约州，埃尔迈拉，写作棚屋

和大多数作家一样，马克·吐温（1835—1910）更喜欢“避难所”的静谧。但与众不同的是，他可以在同一间屋子里让工作和娱乐相得益彰。他将台球桌安置在写作室，时而自娱自乐，时而呼朋唤友切磋球技，并乐在其中。1874年9月，他在写给居住于爱丁堡的朋友约翰·布朗博士的信中说：“工作透支了我的身体，我榨干了自己，所以下班之后要打台球。”

这间台球厅兼写作室在马克·吐温的三层红砖别墅的顶楼，这栋别墅位于康涅狄格州哈特福德，屋内宽敞明亮，有很多扇窗户。尽管如此，吐温还是选择在一张靠墙的书桌上写作，尽量避免分心（当前窗外的都市景观在他那个时代应该是更让人陶醉的田园风光）。他的书桌上通常会有散乱的纸张。桌子旁边是一个有很多个格子的收纳架，是用来保存草稿的。在编辑手稿之前，他会把手稿一一铺在台球桌上。

“当风暴席卷这座偏僻的山谷，闪电在更远的山巅上狂舞，雨水敲击着我头上的屋顶时，想象一下它带给我的这份不可多得的快乐吧！”

马克·吐温还曾经在纽约州北部埃尔迈拉的八角屋内写作。这座小屋建于1874年，位于马克·吐温妻子的妹妹苏珊·克兰的家——夸里农场中。每天，享用丰盛的早餐后，马克·吐温就会进入八角屋，在那里写作、抽雪茄，直到下午5点，常常会错过午餐。他写作时，家人和朋友不会打扰他，如果需要他回家，就会吹喇叭提醒他。对文学界来说，马克·吐温在哈特福德的家实属吸睛的热门地点；不过，位于埃尔迈拉的八角屋却是一个鲜为人知的幽静之地，20年来，他每年夏天都在那里工作。

在转战到僻静的写作棚屋之前，吐温把台球桌当作书桌的加长版。

在写给住在哈特福德的约瑟夫·特威切尔牧师及其妻子哈莫尼的信中，他这样描述这间小屋：“苏珊·克兰为我建造了一座最可爱的书房：八角形，有一个尖尖的屋顶，每一面墙上都有一扇宽大的窗户。它建在山坡上，傲视周边的山谷和城镇，远处是绵延的蓝山，完全与世隔绝。虽然这间小屋只能容纳一张沙发、一张餐桌和三四把椅子，但它无疑是一个温暖而舒适的安乐窝。当风暴席卷这座偏僻的山谷，闪电在更远的山巅上狂舞，雨水敲击着我头上的屋顶时，想象一下它带给我的这份不可多得的快乐吧！”

这间书房距离苏珊·克兰的住宅约90米，其直径约3.7米，书房还设计了猫门，以便马克·吐温最心爱的宠物可以在他工作时自由出入。屋内有一个砖砌的壁炉和一张餐桌，但装饰并不华丽。人们将它比作内河船上的驾驶室，马克·吐温年轻时曾在类似的地方工作，他还将这段经历写在了他的回忆录《密西西比河上的生活》当中。他在写给布朗博士的信中说：“天气炎热的时候，我将书房的门打开。飓风来临时，我用碎砖块压住稿纸写作，将我们拿来做衬衣的薄亚麻布裹在身上……这里远离一切尘世的喧嚣。”

小说家约翰·斯坦贝克对马克·吐温的“避难所”赞不绝口，还在此基础上设计了自己的六边形写作小屋，将其命名为“欢乐之城”（参见第145页）。

库尔特·冯内古特（Kurt Vonnegut）退稿信陈列室

马萨诸塞州，西巴恩斯特布尔，书房

美国印第安纳波利斯是库尔特·冯内古特（1922—2007）的家乡，在他的纪念馆和图书馆里，收藏着他的各种生活用品。纪念馆还复刻了他居住在马萨诸塞州西巴恩斯特布尔时所用的书房。在那里，游客们可以看到墙上他父亲的镶框照片，一张低矮的咖啡桌，以及桌上摆放的史密斯卡罗纳打字机（冯内古特对电子打字机有很强的抵触情绪）。身高1.88米的冯内古特在咖啡桌上创作《冠军早餐》时会不自觉地弓下腰。他在桌上刻了亨利·梭罗的散文集《瓦尔登湖》中的一句话——“警惕所有需要新衣服的企业”。桌上还放着一盏小公鸡形状的红色台灯，以及一包他最喜欢的波迈牌无滤嘴香烟。这包烟曾掉落在书架后面，他去世之后才被人们发现。

然而，从这个复刻的场景中，我们也看到了冯内古特更古怪的一面：很多家杂志社拒绝出版他的短篇小说并给他寄来了退稿信，他把这些信装裱后挂在墙上。

冯内古特将其余的退稿信保存在一个红色的旧盒子里，其中一封1949年的信来自《大西洋月刊》。该杂志社认为他那篇描写战乱对德累斯顿的破坏（他曾亲身经历）的作品 “不够引人入胜”。另一封来自《柯里尔》杂志，该杂志对其短篇小说《记忆术》的评价是，这本书“用词粗浅，缺乏专业术语，读起来寡淡枯燥，毫无价值可言”。他确实收到了太多的退稿信，他的妻子简甚至用它们装饰了一个废纸篓。

冯内古特的写作癖好之一是用独特的方式装订手稿。他将小说《泰坦的女妖》的手稿装订成了长长的卷轴（与杰克·凯鲁亚克对自己的作品《在路上》一书手稿的处理方法类似）。这些手稿只有20厘米宽，装订在一起之后却长达数十米。

冯内古特不会把他最喜欢的“名言警句”写在便利贴上，而会把它们装裱并妥善保存起来。

BEWARE OF ALL ENTERPRISES
THAT REQUIRE NEW CLOTHES
West's Fine Candies
NO SLIPS

伊迪丝·华顿（Edith Wharton）
宠物的安慰

马萨诸塞州，伦诺克斯，卧室

看到美国小说家伊迪丝·华顿（1862—1937）的宣传照片，人们会自然而然地认为她是以传统方式在写字台上写作的，以为她坐拥覆有金色皮面的豪华写字台，书房里有各种典籍充箱盈架……照片似乎会让这种印象变得顺理成章，但其实这是一种刻意营造的氛围。事实上，华顿只有在床上写作时才能将自己的创作能力发挥到极致。在2012年美国版《时尚》杂志拍摄的一张照片中，俄罗斯模特纳塔利·沃佳诺娃，身穿阿尔伯特-菲尔蒂雪纺连衣裙，佩戴水晶项圈，对华顿的写作情景进行了再现，这种做法让人感觉有些矫揉造作。

尽管尝试过使用打字机，但华顿更喜欢在一张定制的、带墨水瓶的写字板上手写文稿。通常她只在上午工作，到中午十一二点停笔，并会习惯性地将写完的手稿轻轻丢到地板上。之后仆人会拾起这些书稿，交由华顿的秘书兼前家庭教师安娜·巴尔曼（在《时尚》杂志拍摄的照片中由朱诺·坦普尔扮演）用打字机打出来。华顿工作期间，任何人都不得进入她的写作室。

华顿自嘲，这种在床上写作的习惯确实“应当受到谴责”。她在自传中讲述了一起意外事件：她住在一位朋友家时不小心把墨水瓶打翻了，用了吸墨纸也于事无补，朋友家的床单完全被墨染黑，于是她请求女佣不要向主人提起这件事。她写道：“墨水瓶和茶杯被打翻的时候总是装得那么满。”

华顿在家庭装修方面十分博学，而且实操经验丰富。她于1897年出版的《房屋装潢》一书广受欢迎，至今仍在出版发行。她亲自操刀，为自己的“大山庄园”设计了室内装潢。大山庄园位于马萨诸塞州伦诺克斯，共有42个房间。她还将卧室和客厅套房安排在书

为了防止被打扰并让心爱的宠物陪在自己身边，华顿选择在床上写作。

房上方，以确保自己拥有一个安静的工作环境。

华顿在自传《我的纯真年代》中阐述了大山庄园对她职业生涯的重要性，说它“让我摆脱了那些原本就无关紧要却不得不履行的义务，这是我继续写作的必要条件”。在床上写作意味着她可以选择穿宽松舒适的衣服（没有旁人，就没必要穿束腰内衣或其他紧身的衣物），也可以摆脱来自外界的干扰。华顿的朋友兼遗稿保管人加勒德·拉普斯利描述了她在写作时通常会穿的衣物：“一件单薄的丝绸长裙，袖子宽松，领口敞开，镶着蕾丝边；她戴着一顶薄丝绸帽，帽檐上的蕾丝花边（类似灯罩边缘）草草遮住了她的额头和耳朵。”

她的付出显然得到了回报。大山庄园于1971年被列为“美国国家历史地标”之一，在这里，她完成了自己突破性的小说《欢乐之家》，以及包括《伊坦·弗洛美》在内的大量好评如潮的作品。但华顿的日常写作并不局限于家中。她的最大爱好之一是旅行。她对酒店客房的陈设同样精益求精：酒店员工必须严格按照她的要求布置家具，以备她上午写作之需。

除了必不可少的床之外，华顿创作时还需要有一个神秘的要素——心爱的狗狗要陪伴在她左右。它们趴在床上或者散落的书上、报纸上和信上，亲密而放松。和许多作家一样，她一生热衷于养狗。随着年龄的增长，她开始喜欢京巴犬，其中一只叫林基的狗狗是她的最爱（林基于1937年去世，短短4个月之后华顿也溘然长逝）。

华顿认为，狗狗的陪伴让她有勇气直面生活的磨难，走出千疮百孔的婚姻，安然度过离婚以及精神崩溃时的艰难岁月。为了表达对狗狗们的挚爱，她还在大山庄园为它们修建了宠物墓地。

作家们的爱宠

尽管挪威自传作家卡尔·奥韦·克瑙斯高曾表示，家里的宠物狗使得他两年无法创作白话文学作品，但很多作家还是鼓励宠物进入他们的写作室，常伴他们左右。比如作家兼插画家爱德华·戈里允许他的六只猫在他画画时坐在写字台上。其他“文学名宠”包括：

博布斯——一只猎狐梗，为《教师的世界》杂志“撰写”了伊妮德·布莱顿的家庭生活专栏。（1935年博布斯去世后，该专栏又继续运营了10年。）

跳跳——一只雌性大丹犬，对英国诗人兼讽刺作家亚历山大·蒲柏忠心耿耿，与主人一起散步时形影不离，保护他不受他曾讽刺过的作家的伤害。

卡塔雷娜/卡特雷娜——一只玳瑁猫，经常在埃德加·爱伦·坡写作时坐在他的肩膀上。受到它的启发，埃德加·爱伦·坡创作了短篇小说《黑猫》。

达菲——一只灰色虎斑猫，是露西·莫德·蒙哥马利（“绿山墙的安妮”系列丛书的作者）初稿的聆听者。

洛拉——杜鲁门·卡波特养的乌鸦，它曾把卡波特正在创作的一部短篇小说的第一页藏了起来，导致卡波特不得不重写。

洛思——J.M.巴里的白色纽芬兰犬，是《彼得·潘》中孩子们的“保姆”娜娜的原型。

小精灵——比尔·沃特森的宠物猫，是比尔·沃特森创作的漫画《卡尔文与霍布斯》中霍布斯的原型。

塔基——雷蒙德·钱德勒的黑色波斯猫，常常坐在他的腿上、打字机上和报纸上。

托比——备受约翰·斯坦贝克宠爱的爱尔兰塞特犬。不幸的是，《人鼠之间》这部小说的一半初稿都被它吃掉了。

电影剧本作家、小说家阿道司·赫胥黎认为，人类和猫有很多共同之处，他建议那些志存高远、意欲洞悉人类心理的作家们养两只猫，最好是暹罗猫，并观察及记录它们的行为以供研究。

E. B. 怀特（E. B. White）大道至简

缅因州，艾伦湾，写作棚屋

美国作家E.B.怀特（1899—1985）因《夏洛特的网》和《精灵鼠小弟》两部小说名闻遐迩。他的写作棚屋内，既没有旅行纪念品，也没有家人的照片，只有典型的斯巴达式简朴陈设。

小屋并非专门为写作而建，它最初是一间船屋。怀特的家是一座建于18世纪末的农场住宅，他说这间小屋比家更能带给他安全感。在这里，他可以“进一步释放天性、保持身心健康”。他写道，他曾和一只老鼠以及一只松鼠共同分享这间小屋，有一段时间，还有几只狐狸在屋子下面挖洞做窝。

这间木制棚屋就安放在怀特位于新英格兰缅因州艾伦湾的海滨住宅中。从木屋里可以看到海景，但屋内的陈设并不豪华：一把椅子、一条长凳、一张自制的书桌、一个蓝色金属烟灰缸、一只用作废纸篓的桶、一个由门球盒改造而成的橱柜和一台黑色的安德伍德打字机。怀特的住宅管理员上午开车将这台打字机带到棚屋，晚上再将它带走。怀特形容这间木制棚屋“紧凑而简朴”。《夏洛特的网》的初稿就是在这里完成的，他的农场为这部小说提供了灵感，而他最初的创作动力源于他看到棚屋天花板上有一只蜘蛛在旋转卵囊。

在一个小而独立的空间工作，对怀特来说是一件非常有吸引力的事情。他喜欢作家兼博物学家亨利·梭罗的著述，尤其是梭罗在《瓦尔登湖》一书中描述的位于马萨诸塞州湖畔的那间自建小屋，以及他与大自然和谐相处的简朴生活。巧合的是，梭罗的那间小屋和怀特的棚屋几乎同样大小——3米×4.6米。显然，这间棚屋为怀特的创作带来了灵感，也是他的快乐之源。

怀特的简易棚屋为他创作《夏洛特的网》带来了灵感。

ROYAL
HARP
PLUG CUT

P. G. 沃德豪斯（P. G. Wodehouse）
健全的体魄滋养健康的思想

伦敦，书房；纽约，长岛，书房

P.G.沃德豪斯在漫长的职业生涯中，创作了数百部小说、音乐剧和戏剧。他的写作目标是每天写1000单词左右，实际上他年轻时，每天的写作目标是这个数字的两倍，而且其写作进度很快。他在写给朋友们的信中曾提到，他在两天内完成了一篇8000单词的小说，在一个月内完成了一部5.5万单词的长篇小说。

1927年至1934年间，沃德豪斯（1881—1975）居住在伦敦梅菲尔区邓瑞文大街17号。目前那里挂着一块蓝色的牌子，意味着此处是英国文化遗产。他在二楼的书房（现在是一间卧室）创作了多部早期最著名的作品，包括《谢谢你，吉夫斯》和《非常好，吉夫斯》。

沃德豪斯恪守着规律的生活习惯。他每天早上都在7点30分左右起床，带着他的几只狗狗散步，然后进行他所说的“日常锻炼”。

后来沃德豪斯移居美国长岛伦森堡，在家中写作，度过了生命中的最后30年。他的住所周围有4.8公顷空地，环境安宁祥和。透过写作室宽大的窗户，周边的景色一览无余。写字台上方挂着一幅维多利亚时代的油画，画的是香港上海汇丰银行位于伦敦的办公楼，那也是他开始第一份工作的地方。这间写作室的复制品就建在沃德豪斯的母校——伦敦的德威公学——的图书馆中。沃德豪斯曾在德威公学度过了美好的校园时光，他去世后，他的遗孀埃塞尔将他的写字台和他最喜欢的皇家打字机、烟斗架、烟草罐都捐赠给了这所学校。沃德豪斯抽的是他自制的混合烟丝，那是将美国图书编辑彼得·施韦德寄给他的雪茄碾碎后做成的。

沃德豪斯会忙里偷闲，在写作间隙观看他最喜欢的肥皂剧。

沃德豪斯的生活非常规律。他每天早上都7点30分左右起床，带着他的几只狗狗散步，然后进行他所说的“日常锻炼”。他锻炼时做的操是由美国体育作家沃尔特·坎普发明的，他给每一节操都起了动感十足的名字，比如“转动”“抓握”和“屈伸”等，但实际上这些动作非常舒缓，不会令人感到疲惫。做完操后沃德豪斯会吃早餐——涂抹着果酱或蜂蜜的烤面包片、咖啡口味的蛋糕和茶。用餐期间他通常会读一本书，往往是侦探小说。上午9点左右，他会去书房工作。

如果新书还在酝酿阶段，他就会坐在扶手椅上做大量的笔记（通常有400条左右）然后才开始写新书。为一本新书做准备大概需要一年多的时间，不过，他通常会同时创作两本书。

沃德豪斯习惯用铅笔写初稿，然后用蓝色或红色铅笔进行编辑，最后再用打字机把手稿打出来。他去世时手里握着一支铅笔，身旁是一部即将完成的新小说的初稿。他的孙辈爱德华·卡扎莱爵士至今仍然保留着这支铅笔。沃德豪斯曾对自己的打字技术嗤之以鼻：“我会坐在打字机前骂两句脏话。”

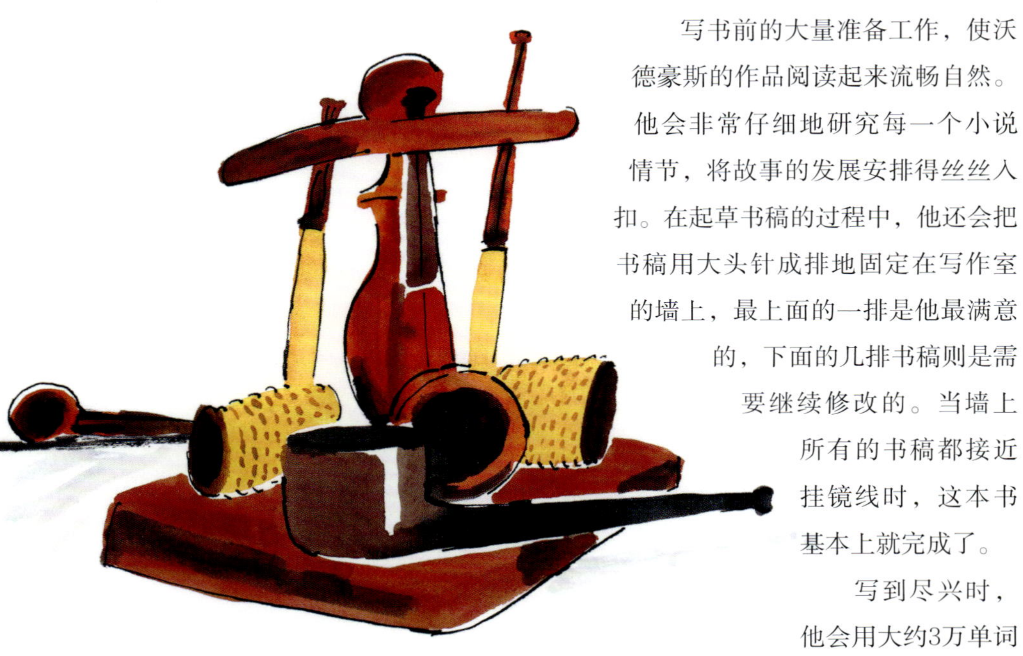

写书前的大量准备工作，使沃德豪斯的作品阅读起来流畅自然。他会非常仔细地研究每一个小说情节，将故事的发展安排得丝丝入扣。在起草书稿的过程中，他还会把书稿用大头针成排地固定在写作室的墙上，最上面的一排是他最满意的，下面的几排书稿则是需要继续修改的。当墙上所有的书稿都接近挂镜线时，这本书基本上就完成了。

写到尽兴时，他会用大约3万单词

将故事情节娓娓道来，然后再回过头来添加人物对话，使小说变得更加充盈饱满，以形成最终作品。

上午的工作结束后，沃德豪斯会出去散步、吃午饭、看他最喜欢的美国肥皂剧《夜的边缘》，下午4点左右他会回到书桌旁继续工作到晚上7点。当天的工作顺利结束后，他会奖励自己一杯鸡尾酒（通常是烈性马提尼酒），然后吃晚饭。

在短暂的好莱坞作家生涯中，他也保持了这种生活习惯。他每天还会游两次泳。他曾坦言："良好的工作习惯远比工作本身更重要。"

作家与锻炼

经年累月地整日坐在屋子里写作对任何人的健康都没有好处。小说家村上春树把写小说比作生存训练，并认为健康和天赋对作家来说同等重要。村上春树喜欢跑步（参见第110页），乔伊丝·卡萝尔·奥茨也有着相同的爱好。她在为《纽约时报》撰写的文章《提振文学之精神，迈开文学的脚步》中，将自己对跑步的热爱描述为"写作的功效之一"。

丹·布朗也曾说过，他写作期间每隔一小时都会进行短暂的休息：做伸展运动、仰卧起坐和俯卧撑，以保持大脑清醒。杰克·凯鲁亚克声称自己每天早上都会倒立，接着反身以脚触地，连续这样做九次。

当然，很早就有作家发现身体运动对写作大有裨益。威廉·华兹华斯和浪漫诗人塞缪尔·柯尔律治都曾在散步时找到灵感。创作了19世纪的经典之作《瓦尔登湖》，并且崇尚回归自然的亨利·梭罗也深有同感，只是他不喜欢简单称之为"锻炼身体"，而是认为"在当今，运动本身代表一种勇于进取、大胆开拓的精神"。菲利普·罗思声称，他每写一页纸就要散步800米左右。著有《纸镇》和《星运里的错》的约翰·格林使用带跑步机的书桌写作，以他为代表的作家们将"写作时锻炼身体"这一理念带入了21世纪。

其他深受作家喜爱的锻炼方式包括游泳（奥利弗·萨克斯）、打网球（大卫·福斯特·华莱士）和拳击（欧内斯特·海明威)。科幻小说《沙丘》前传的作者凯文·J.安德森甚至会在去远足时对着手持录音机口述文稿。

弗吉尼亚·伍尔夫（Virginia Woolf）
一间只属于自己的棚屋

东萨塞克斯郡，罗德梅尔，写作棚屋

“花园棚屋”通常被认为是21世纪的概念，但“在后花园里创建一个女性可以远离外界日常干扰的避风港”这一想法其实有着更悠久的历史——它等同于“男人的洞穴”。弗吉尼亚·伍尔夫（1882—1941）是推崇“花园棚屋”的早期先驱之一。

伍尔夫在其短篇著作《一间只属于自己的房间》中阐述了女性独立创作空间的重要性，她认为：“一个女人要想写小说，就必须有钱，有自己的房间。”书中认为，从历史上看，女性不仅在一定程度上被剥夺了获得经济独立和接受正规教育的机会，而且缺乏写作的物理空间：“除非她的父母富甲一方或品德高尚，否则拥有一个自己的房间无异于痴人说梦，更不用说一个安静或者隔音的房间了。”据伍尔夫估算，当时实现经济独立所需的金额为500英镑，相当于现在的3万英镑左右，数额等同于“英国女性小说奖”获得者所拿到的奖金。

伍尔夫位于东萨塞克斯郡的别墅“僧舍”中就有这样的房间。小说《奥兰多》获得成功，她因此得以增建了一个用于写作的房间，但这里逐渐变成了她的卧室。而花园里的一个木制棚屋则成了她的主要创作地点。

但将这间棚屋用于写作也并非尽如人意。每当她的丈夫伦纳德在小屋的阁楼里分拣从花园里摘下的苹果时，响动声便不绝于耳。进入冬季之后，屋内冷如冰窖，无法写作。这时她只能离开那里，回到卧室。但伍尔夫对它不断进行改进，并将它搬到花园尽头的一棵栗树下。她坐在棚屋里一把低矮的扶手椅上，腿上放一块薄胶合板，用蘸水笔写字，然后在桌子上用打字机将手稿打印出来。她尤其喜欢用光滑的蓝色信纸写字。

伍尔夫写作小屋的窗户被纳粹的炸弹震得直晃。

HOGARTH PRESS
SHAG
TOBACCO

伍尔夫的朋友莱顿·斯特雷奇曾抱怨，她写作时身边有很多“垃圾袋”：里面装着烟头、笔尖以及各种纸片。伍尔夫一生也曾使用过几张餐桌或书桌写作，包括一张站立式书桌。为了宣传伍尔夫的《朝圣之旅》一书，安妮·莱博维茨拍摄了这间小屋的餐桌，从照片上可以明显看到桌面上很多处马克杯底留下的水渍和墨痕。

透过小屋的窗户，伍尔夫可以看到萨克塞斯丘陵和卡本山的无边美景。小屋前面有一个砖砌的休息区，她和朋友、家人常常坐在这里看人们在草坪上玩滚木球，此时远处的萨克塞斯丘陵宛如一幅巨大的幕布。第二次世界大战期间，德国的飞机曾在伍尔夫的别墅上方低空盘旋。她写道，“小屋的窗户随着炸弹的爆炸而震动”。这也是对《一间只属于自己的房间》的另一种呼应，因为该书也探讨了女性在危险环境中的生存状况。也正是在这间小屋里，她创作了《达洛维夫人》《海浪》和《幕间》。

“如果不是每周7天里每天上午都工作，且一年大约有11个月都如此，我们就应当认为这不仅是错误的，而且令人不快。”

伍尔夫通常在上午写作。伦纳德形容她走出家门去写作小屋工作“就像股票经纪人上班一样规律”。在一封写给维塔·萨克维尔·韦斯特的信中，她描述了这种通勤：“一觉醒来，一种狂喜充盈着我的身体，源源不断，让我战栗。我提着满满的水罐穿过花园，罐子里的泉水清澈透明。”她在写给另一位朋友埃斯特尔·史密斯的信中说：“（我）会嗅一朵红玫瑰；轻轻掠过草坪（仿佛我的头上顶着一篮子鸡蛋），点上一支香烟，把写字板放在膝盖上；让思绪像潜水员一样缓缓下沉，小心翼翼地潜入昨天写的最后一句话中。”

伦纳德还表示，他的妻子一直保持着严格的日程安排，他这样写道：“如果不是每周7天里每天上午都工作，且一年大约有11个月都如此，我们就应当认为这不仅是错误的，而且令人不快。因此，每天用过早餐后，大概9点30分左右，我们两人都会像被一条毋庸置疑的自然法则所驱动一样，出门工作，直到中午1点吃午餐。”夏天，天气暖和的那段时间里，伍尔夫也会在小屋里过夜。

威廉·华兹华斯（William Wordsworth）
自带风景的苔藓小屋

坎布里亚郡，湖区，格拉斯米尔，写作小屋

1803年，英国诗人威廉·华兹华斯（1770—1850）和妹妹多萝西在苏格兰旅行时，偶然看到了一间造型简单的圆形小木屋，圆圆的屋顶上覆盖着一层苔藓。这间小屋被多萝西称为“挖出来的干草堆”。

华兹华斯和多萝西一回到他们位于湖区的“鸽子农舍”，就着手建造自己的苔藓小屋。但多萝西在她的游记《苏格兰旅游回忆》中指出，这间小屋建在了错误的地方：“我们要是把它再往前推一百米就好了”，这样，就可以看到更美的风景，离路人的干扰也更远一些。

1804年秋，新的小屋落成了，位于花园的尽头，比鸽子农舍高一些。虽然华兹华斯写作时用过家里的大部分房间，但苔藓小屋是他感觉最惬意的地方。小屋的外墙上铺了一层苔藓，苔藓上面覆有石楠花。屋子里放着一条长凳。华兹华斯将小屋比作一个面朝西方、尽享午后阳光的鹪鹩窝。

这里成了华兹华斯遁世的静修之地——他曾向哥哥描述这间小屋，将它比作“迷人的小寺庙”。小屋前铺了一小段陡峭的石阶，抵达小屋需要拾级而上，这营造出了一种这里地处偏远的氛围。小屋让他得以在享受家庭生活的同时贴近自然。这样的工作环境显然激发了他的创作欲望，他很多著名的诗作都是在这里诞生的，包括《序曲或一位诗人心灵的成长》和《我孤独地漫游，像一朵云》。

他们兄妹二人搬离鸽子农舍后，新主人拆除了苔藓小屋。但华兹华斯对他的苔藓小屋仍然念念不忘，所以在他的新家赖德尔山庄旁建了另一间质朴的石砌的写作小屋。赖德尔山庄的一位仆人曾告诉访客，华兹华斯把他的书存放在藏书阁里，而“他的书房在房门外”。

原来的那间苔藓小屋被拆除了，但在2020年，人们用坎布里亚橡木重新建造了这间小屋，新的小屋与原来的小屋一样，像一个鸟巢。

让人喜乐，让人忧伤，让人望穿秋水思断愁肠。

——查尔斯·狄更斯

人间烟火盛，
我意做孤云。

——乔治·伯纳德·萧

寻访信息
Visitor Information

本书描述的诸多场所均为私人所有，不能参观。

W.H.奥登
奥登纪念馆仅在工作日开放，需要提前预约。

简·奥斯汀
简·奥斯汀早期作品的创作地点——位于史蒂文顿的牧师住宅——已于1824年拆除，但通过奥斯汀的哥哥詹姆斯种下的一棵酸橙树可以确定它的具体位置。奥斯汀位于乔顿的农舍已经被列入英国一级保护建筑，农舍内开设了简·奥斯汀故居纪念馆，你可以在纪念馆内的餐厅里看到她的写字台。奥斯汀的书写箱陈列在伦敦大英图书馆约翰·里特布拉特爵士画廊中。

詹姆斯·鲍德温
谢兹·鲍德温庄园已经不复存在，圣保罗·德旺斯也没有鲍德温的纪念碑。但他经常光顾的金鸽酒店和广场咖啡馆仍然可以参观。

奥诺雷·德·巴尔扎克
巴尔扎克故居中还长期陈列着巴尔扎克的手稿。

雷·布拉德伯里
布拉德伯里的家虽然已经被拆除，但雷·布拉德伯里研究中心设立了一个大型的布拉德伯里作品档案馆，并重建了他的地下办公室，里面有他生前使用的写字台、打字机、颜料盒、书架和椅子。雷·布拉德伯里研究中心位于印第安纳大学与普渡大学印第安纳波利斯联合分校。

勃朗特三姐妹
勃朗特牧师住宅纪念馆位于西约克郡霍沃思。

安东·契诃夫
你可以参观位于梅利霍沃的契诃夫故居、白色别墅，以及位于莫斯科的契诃夫故居纪念馆。白色别墅目前已成为作家纪念馆。

阿加莎·克里斯蒂
克里斯蒂的大部分住宅目前都属私人所有，但格林韦庄园已通过英国国家名胜古迹信托向公众开放。土耳其的佩拉宫酒店411客房可以预订。

柯莱特
位于法国勃艮第大区圣索沃尔-昂皮赛的家是柯莱特的出生地，也是她童年成长的地方。柯莱特在巴黎的公寓不对公众开放；她那所位于杜省贝桑松蒙特布康斯41号的乡间别墅目前虽然属于私人所有，偶尔也会对外开放。贝桑松还有一座纪念馆，用于纪念在该镇出生的维克多·雨果。

罗尔德·达尔
2012年，达尔写作棚屋内的物品被搬进了大米森登的罗尔德·达尔纪念馆和故事中心。

查尔斯·狄更斯
狄更斯的塔维斯托克别墅于1901年被拆除，尽管如此，别墅所在地仍有一块蓝色牌子为此作出了标识。盖德山庄目前已经成为盖德山庄学校，每月可以通过格雷夫森德官方旅游网站进行参观预订。查尔斯·狄更斯纪念馆位于道蒂街48号，工作日（周一除外）开放，定期举办展览活动。狄更斯的写作小屋此后被搬到了罗切斯特大街的伊斯特盖特别墅。小屋已经破败不堪，修缮难度很大，但目前正在开展保护工程的筹款活动。

艾米莉·狄金森
艾米莉·狄金森纪念馆地址：马萨诸塞州阿默斯特中心街280号。

阿瑟·柯南·道尔
柯南·道尔位于南诺伍德区坦尼森路12号的家目前属于私人住宅，但门前的蓝色牌子标识他曾在这里度过一段时光。斯托尼赫斯特中学在该校假期的特定日期对公众开放。

伊恩·弗莱明
经过了大规模的翻新和升级之后，弗莱明的平层度假别墅“黄金眼”目前可供游客租用。弗莱明的办公桌和椅子仍摆放在原地，游客们可以坐在这里体验他的工作氛围。

托马斯·哈代
哈代曾经居住的农舍（现称“哈代农舍”）和哈代位于多切斯特镇附近的那所更大的住宅“马克斯盖特”目前均为英国国家名胜古迹信托所有。哈代搬到马克斯盖特后继续在这里的书房创作。该书房的复制品目前陈列在多切斯特的多塞特郡博物馆。

欧内斯特·海明威

瞭望山庄自海明威1960年离开之后几乎没有变化，目前对公众开放。海明威位于佛罗里达州基韦斯特的住宅目前已成为欧内斯特·海明威故居纪念馆。这里可以看到海明威设立在马车房里的写作室。遗憾的是写作室门前竖起了一道玻璃屏障，人们无法入内，只能透过玻璃“窥视”。

维克多·雨果

经过大规模修缮后，高城居和瞭望台于2019年再次向公众开放。

塞缪尔·约翰逊

约翰逊博士故居目前对公众开放。由于这里有严格的策展政策，因而不展出与作者无关的物品。

约翰逊博士的40份手稿以及他的手杖和信件收纳箱已成为约翰逊博士故居的永久性藏品。

斯蒂芬·金

尽管有计划将斯蒂芬·金在缅因州班戈的故居改造成作家的静修之地和他的档案馆，但到目前为止这里仍然是私人住宅。

鲁德亚德·吉卜林

吉卜林的诺拉卡别墅可以通过美国地标建筑信托组织租住（可供8人住宿）。吉卜林原有的大部分家具仍在原地，你可以尽情体验在吉卜林的办公桌旁工作的感受。

贝特曼庄园由英国国家名胜古迹信托运营，书房目前对游客开放。

D.H.劳伦斯

D.H.劳伦斯牧场目前限时对公众开放。劳伦斯的树仍然屹立在该牧场。米伦达别墅现名为“劳伦斯故居”，可以通过多个大型门户网站租住。

阿斯特丽德·林格伦

阿斯特丽德·林格伦故居位于斯德哥尔摩达拉加坦46号，目前向公众开放，需在瑞典语（也有英语）导游的带领下参观。门票必须提前预订，但奇怪的是这里谢绝15岁以下的儿童参观。

杰克·伦敦

你可以在杰克·伦敦州立历史公园内参观“狼屋”被烧毁后残存的石头、他的农舍和写作室。公园里开设了游客中心和杰克·伦敦纪念馆，杰克·伦敦的坟墓也在这里。

玛格丽特·米切尔

玛格丽特·米切尔故居纪念馆位于亚特兰大市中心。该纪念馆展出的除了参观米切尔的写作室外，还有与《乱世佳人》一书相关的物品。亚特兰大富尔顿中央图书馆开设了一个玛格丽特·米切尔藏品馆，收藏品包括她写《乱世佳人》使用的打字机，她的普利策奖状，她的照片、借书卡以及个人藏书。

米歇尔·德·蒙田

蒙田的塔楼在19世纪末的一场大火中幸免于难，目前可供参观。尽管他的藏书和书架都已遗失，但梁上的名言仍然清晰可见。

乔治·奥威尔

巴恩希尔农舍仍然处于偏远之地，但目前可以租住。

西尔维娅·普拉斯

普拉斯在美国和英格兰的住宅，包括考特格林在内，目前均为私人住宅。1960年1月至1961年8月，普拉斯与特德·休斯曾在伦敦查尔考特广场3号共同生活和工作，那里的一块蓝色牌子承载了人们对她的纪念。普拉斯位于菲茨罗伊路23号的住宅也有一块蓝色牌子，是她搬到那里数年之前为纪念W.B.叶芝而挂上的。

比阿特丽克斯·波特

波特的山顶别院目前为英国国家名胜古迹信托所有，并由该组织运营管理。她的家——城堡农场目前可供租住。

马塞尔·普鲁斯特

普鲁斯特早年间居住的奥斯曼大道102号公寓目前是一家银行。后来他搬到阿默兰街，那里也是他的最后一个居所。卡纳瓦莱-巴黎历史博物馆重建了这个居所的卧室作为该馆的长期展品，安娜·德诺瓦耶的卧室也是如此。

J.K.罗琳

斯普恩咖啡馆和大象屋咖啡馆都在爱丁堡市。

维塔·萨克维尔-韦斯特

西辛赫斯特城堡目前属于英国国家名胜古迹信托。观景台现已对公众开放，但游客只能从栅栏外参观维塔的写作室。塔楼的另一个房间里放着一台克罗珀-米内尔瓦牌铸铁印刷机，弗吉尼亚·伍尔夫和丈夫伦纳德曾在霍加思出版社使用过这台印刷机。它是伍尔夫送给维塔的礼物，维塔曾用它来印刷一些书，包括自己的诗《西辛赫斯特城堡》以及T.S.艾略特的《荒原》（1923）的英国版。

乔治·伯纳德·萧

“萧之角”目前属于英国国家名胜古迹信托。

格特鲁德·斯泰因

斯泰因和托克拉斯在巴黎的家位于弗勒吕街27号，她们曾经在那里举办沙龙。目前这里是一处私人住宅，住宅外面有一块牌子用于纪念斯泰因曾在那里生活的时光。

约翰·斯坦贝克

约翰·斯坦贝克位于萨格港和纽约的两处房产目前均为私人住宅。在加利福尼亚州帕西菲克格罗夫镇的一间类似棚屋的小型建筑内，斯坦贝克创作了《科特斯海航行日志》。这间小屋目前可在爱彼迎官网上租住。

狄兰·托马斯

托马斯的船屋内设立了托马斯纪念馆。由于这间棚屋没有对公众开放，参观者只能从屋外窥视。棚屋以前的门是20世纪70年代人们从市政垃圾堆中找到的，目前这扇门与其他和托马斯相关的纪念品一起在斯旺西的狄兰·托马斯中心展出。

马克·吐温

马克·吐温的写作棚屋于1952年迁至埃尔迈拉学院，马克·吐温研究中心也在这里。夏季，写作棚屋可供游客自由参观（时间为从美国阵亡将士纪念日至美国劳动节，即每年5月的最后一个星期一到9月的第一个星期一）。马克·吐温位于哈特福德的故居目前向公众开放，且游客可通过预订在书架林立的藏书阁内写作（仅限铅笔，不可使用钢笔）3小时。

库尔特·冯内古特

坐落在印第安纳大学附近的莉莉图书馆保存着冯内古特的信件、论文和手稿等主要资料，其中包括已经装订好的卷轴。

伊迪丝·华顿

伊迪丝·华顿去世之后，大山庄园经历了多次运营转型，曾被改造为女子学校的宿舍和剧场。近几十年中，在完成了一系列重大修复（包括对卧室套房的大型修复）工作之后，大山庄园及其附属花园已向公众开放。

P.G.沃德豪斯

沃德豪斯在长岛的家目前是一处私人住宅。重建于德威公学的沃德豪斯写作室可以预约参观。

弗吉尼亚·伍尔夫

伍尔夫位于东萨塞克斯郡刘易斯的别墅“僧舍”开放时间为每年4月至11月，可以预约参观。

威廉·华兹华斯

鸽子农舍和赖德尔山庄目前都已成为作家故居纪念馆，向公众开放。

图片来源
Picture credits

Photographs via Getty Images:
11 NurPhoto; 15 Jack Sotomayor/Archive Photos; 16 Leonardo Cendamo/Hulton Archive; 21 Radio Times; 24 Stock Montage/Archive Photos; 29 Ralph Gatti/AFP; 32 Universal History Archive/Universal Images Group; 37 Gary Friedman/Los Angeles Times; 38 VCG Wilson/Corbis; 43 Fine Art Images/Heritage Images; 48 Popperfoto; 53 Fox Photos/Hulton Archive; 54 Ian Cook; 59 Mondadori; 62 Culture Club/Hulton Archive; 65 Underwood Archives/Archive Photos; 68 Harry Benson/Express Newspapers; 73 Hulton Archive; 74 Walter Breveglieri/Mondadori; 79 Historical Picture Archive/Corbis; 84 Rischgitz/Hulton Archive; 89 Tolga Akmen/AFP; 90 Eamonn McCabe/Popperfoto; 95 Hulton-Deutsch Collection/Corbis; 98 Hulton-Deutsch Collection/Corbis; 103 Keystone/Hulton Archive; 104 Hulton Archive; 109 Eamonn McCabe/Popperfoto; 110 Bettmann; 115 Stefano Bianchetti/Corbis; 120 Kyodo News; 123 ullstein bild; 126 Bettmann; 131 Popperfoto; 132 Hulton Archive; 137 Sion Touhig/Sygma; 138 W.G. Phillips/Phillips; 143 Jimmy Sime/Central Press; 146 David Levenson; 149 Sylvain Gaboury/FilmMagic; 152 PhotoQuest; 155 RDB/ullstein bild; 158 Hulton Archive; 163 Corbis Historical; 166 Santi Visalli; 160 Hulton Archive; 172 Bettmann; 175 Central Press/Hulton Archive; 178 Culture Club/Hulton Archive; 183 Bob Thomas/Popperfoto

出　　品：华章同人
出版监制：徐宪江　连　果
责任编辑：朱　姝
特约编辑：陈　汐
营销编辑：史青苗　刘晓艳
责任校对：王晓芹
责任印制：梁善池
装帧设计：左左工作室

电话：010-85869375
投稿邮箱：bjhztr_alphabooks@163.com

图书在版编目（CIP）数据

有故事的房间 /（英）亚历克斯·约翰逊著；陈小红译；（英）詹姆斯·奥泽斯绘. -- 重庆：重庆出版社，2024. 9. -- ISBN 978-7-229-18822-1

I. I 561. 55

中国国家版本馆CIP数据核字第20249W5C94号

有故事的房间
YOU GUSHI DE FANGJIAN
[英] 亚历克斯·约翰逊　著
[英] 詹姆斯·奥泽斯　绘
陈小红　译

出　　品： 华章同人
出版监制： 徐宪江　连　果
责任编辑： 朱　姝
特约编辑： 陈　汐
营销编辑： 史青苗　刘晓艳
责任校对： 王晓芹
责任印制： 梁善池
装帧设计： 左左工作室

重庆出版集团　重庆出版社　出版
（重庆市南岸区南滨路162号1幢）
北京华联印刷有限公司　印刷
重庆出版集团图书发行有限公司　发行
邮购电话：010-85869375
全国新华书店经销

开本：710mm × 1000mm　1/16　印张：12　字数：167千
2024年9月第1版　2024年9月第1次印刷
定价：62.00元

如有印装质量问题，请致电023-61520678